세상을
살다보면
깨닫게
되는
삶의
지혜

세상을 살다보면
깨닫게 되는 삶의 지혜

초판 1쇄 펴낸 날 ㅣ 2016년 06월 10일

지은이 ㅣ 이충호
펴낸이 ㅣ 이종근
펴낸곳 ㅣ 도서출판 하늘아래

주소 ㅣ 서울시 종로구 이화장1가길 부광빌딩 402호
전화 ㅣ (02)374-3531
팩스 ㅣ (02)374-3532
이메일 ㅣ haneulbook@naver.com

등록번호 ㅣ 제300-2006-23호

© 이충호, 2016
ISBN 979-11-5997-001-6 (03800)

세상을 살다보면 깨닫게 되는 삶의 지혜

이충호 지음

머리말

　역사 속에서 또는 생활 속에서 녹아 내려온 일화나 예화는 재미있고 부담 없이 읽을 수 있으면서도 은연중에 귀한 교훈을 얻게 해 주는 유익한 에피소드 입니다.

　이런 에피소드 속에는 앞서 세상을 살아본 선배들의 성공적인 삶에서 얻은 지혜가 농축되어 있습니다. 그것은 곧 성공한 사람들의 인생 경험담일 수 있고 또 인생 성공담일 수도 있습니다.

　이런 일화나 예화들은 우리에게 흥미와 감동을 주며, 새로운 자극으로 다가와 우리들로 하여금 희망과 용기와 의욕을 불러 일으켜 보다 성숙한 삶을 갖게 해 줍니다.

　그런데 요즘처럼 바쁘게 살아가는 직장인이나 특히 입시공부에, 취업공부에 시달려 제대로 일반 교양도서를 읽을 기회가 주어지지 않는 젊은이들에게 이 짧은 얘기들은 손쉽게 동서고금의 위인들이나 성공한 사람들의 가르침에 접할 수 있는 좋은 방법이 될 수 있을 것입니다.

우리는 보다 먼저 세상을 살아 본 선배들의 성공적인 삶에서 얻은 지혜를 삶의 거울로 삼아 행복하고 성공적인 인생을 살도록 노력해야 합니다.

이 책은 단순히 일화나 예화를 소개하는데 끝나지 않고 그것이 뜻하는 의미와 교훈을 살펴 내 나름으로 그 가르침을 이해하기 쉽게 풀이하려고 노력했습니다.

이 책에는 비록 가벼운 마음으로 부담 없이 읽을 수 있는 짧은 얘기들이 실려 있지만, 그 속에는 간과할 수 없는 성공적인 삶의 지혜가 되는 교훈적인 가르침이 있고 더구나 여러분들이 찾고 있는 또 다른 성공의 비결이 숨겨져 있습니다.

아무쪼록 이 책을 읽는 사람들이 이를 통해 보다 충실하고 성숙한 삶을 영위해 나가는 데에 보탬이 되었으면 하는 바람입니다.

2016. 3월
저자 이충호

차례

제 1부

역경의 열매

역경이 없는 인생은 없습니다.

누구든 저마다 크고 작은 고난과 시련을 겪으며 살아갑니다.

인생에 있어 역경은 피 할 수 없는 삶의 과정이라 한다면

낙담하고 좌절할 것이 아니라, 용감하게 도전하여 이를 극복해 나가는 것이

최선의 선택이요 떳떳한 삶의 길입니다.

이 세상에서 승리하고 성공한 사람들은

하나 같이 역경에 굴복하지 않고

용감하게 정면으로 맞부딪치며 역경에 도전한 사람들입니다.

역경 속에서 열매를 거둔 사람들은

그래서 자랑스러운 것입니다.

자기 강점에 올인 하라

- 노벨상을 탄 꼴찌 졸업생 -

2002년 노벨 물리학상은 일본인 코시바 마사토시(小柴昌俊)교수에게 돌아갔습니다. 그는 도쿄대학 물리학과를 꼴찌로 졸업하였으나 출신학교의 교수로 발탁되었고 노벨상까지 받으며 정년까지 근무한 특이한 경력의 소유자입니다.

그런 그가 2002년 3월 모교인 도쿄대학 졸업식에 초청받아 축사를 하게 되었는데 그 자리에서 자신이 물리학과를 꼴찌로 졸업했다는 사실을 밝히면서 학부시절의 졸업성적을 있는 그대로 공개 했습니다. 대형 스크린에 비친 졸업 당시의 성적표에는 16개 과목 중 우(優)는 '물리학실험 I '과 '물리학 실험 II '의 두개 뿐 나머지는 양(良)이 열 개, 가(可)가 네개 였습니다. 뭐 당당하게 사람들 앞에 내세울 자랑거리도 아닌데 굳이 그 자리에서 공개한 이유는 무엇일까? 그것은 성적이 좋지 않아 낙망하고 있는 졸업생에게 격려의 말을 하고 싶었기 때문이었습니다. 그는 어떤 계기가 있을 때 마다 자기 자신이 물리학과를 꼴찌로 졸업했다는 얘기를 해 왔지만 많은 사람들이 도쿄대학 교수생활을 정년까지 해온 사람이 '설마 꼴찌를 했을까?' 하고 믿지를 않아 그날 좋은 기회다 싶어 있는 그대로 공개했던 것입니다.

그는 졸업식 축사에서 학교의 우등생이라고 해서 사회에서도 우등생이 된다는 법도 없고, 반대로 학교 성적이 나쁘다고 사회에서 성공하지 못한다는 법도 없다고 강조하고 아직 앞날이 맑으니 꼴찌로 졸업한 자기를 보면서 낙심하지 말고 분발하라고 격려하면서 '안 된다'는 생각보다 '할 수 있다'는 신념으로 새로운 길을 개척해 나가라고 당부하였습니다.

꼴찌로 졸업한 코시바 마사토시, 그가 어떻게 노벨상까지 받고 빛나는 성취를 이룰 수 있었던 비결은 어디에 있는 것일까요? 그가 큰 성취를 이룰 수 있었던 것은 자기가 가장 잘 할 수 있는 것 즉 자기의 강점에 전력투구했기 때문이었습니다. 그의 졸업성적에서 보다시피 16개 과목 중 그가 잘 할 수 있었던 분야가 바로 물리학 실험뿐이었습니다.

만약 그가 잘하지 못하는 과목 즉 약점(弱點)을 보완하는데 매달렸다면 아무것도 얻을 수 없었을 것입니다. 많은 사람들은 약점을 보완해야 성공할 수 있다는 착각에 빠져 약점을 보완하려고 많은 시간과 노력을 기울이고 있지만, 실제로는 약점이나 문제점을 모두 보완한다고 해도 단지 약점과 문제점이 없는 평범한 수준에 머물 뿐 남보다 뛰어난 수준에 도달하는 것이 아닌 바에야, 차라리 그 많은 시간과 노력을 자기의 강점을 더욱 강화하는 것에 집중하는 것이 탁월한 성공에 이르는 지름길이 된다는 것입니다. 그는 바로 약점을 보완하기 보다는 자기의 강점을 강화하는 대에 올인 함으로써 대성할 수가 있었던 것입니다.

사람이란 모든 것을 다 잘해낼 수 없고 또 모든 일을 다 잘 할 필요도 없습니다. 이것은 인생의 낭비입니다. 한 가지만 잘해도 성공적이고 보람 있는 인생을 살아 갈 수 있습니다. 한 가지만 잘하는 사람이 그 분야의 전문가가 되고 도사가 되어 성공할 확률이 높기 때문입니다. 그러므로 자기의 재능 가운데서 강점이 될 만한 한 가지를 선택해서 거기에 승부수를 던디면 반드시 탁월한 성공에 이룰 수가 있는 것입니다.

2

천재는 노력이 만드는 것이다

- 5,127번만의 발명품 -

에디슨이 전구를 발명할 때 1,236번의 실패 끝에 성공 했다고 알려지고 있습니다. 그런데 요즘 영국의 발명왕으로 일컬어지는 제임스 다이슨은 '먼지봉투 없는 진공청소기'를 5,127번 만에 개발 했다고 해서 화제가 되고 있습니다.

다이슨이 이 '먼지봉투 없는 진공청소기'의 원리를 떠올리며 개발을 시작하자, 많은 사람들이 "그것이 가능하다면 세계최대의 진공청소기 제조회사인 '루버'가 먼저 만들지 않았겠어?" 하고 주변의 반응은 냉담했습니다.

그러나 그는 불굴의 발명의지로 거듭거듭 3년간이나 실험을 해나갔습니다. '듀얼 사이클론'을 완성하기까지 그가 만든 시제품은 놀랍게도 총 5,127개에 이릅니다. 결국 '먼지봉투 없는 진공청소기'를 개발하기까지 무려 2,126번이나 실패 했다는 기록입니다. 참으로 놀라운 집념이요 빛나는 성취가 아닐 수 없습니다.

에디슨의 발명품 중에서 우리 생활에 획기적인 변화를 가져다 준 백열전등의 경우 수없이 실패하다가 1,237번째에야 개발 했다고 하는데, 다이슨의 경우는 그 보다 몇 배가 넘는 실험 끝에 만들어 냈다니 정말 믿어지지가 않을 정도입니다. 그들의 좌절하지 않는 끈질긴 인내심과 노력에 그저 감복할 따름입니다.

오죽하면 에디슨이 '천재는 1%의 영감과 99%의 노력으로 만들어 진다'고 말했겠습니까, 이렇듯 발명의 뒤안길에는 피나는 노력이 숨어있음을 웅변으로 말해주고 있습니다. 더욱 놀라운 사실은 그들이 그렇게 수많은 실험에 실패 하였음에도 불구하고 실패를 인정하려 하지 않았다는 점입니다. 그들은 매번 실패한 것이 아니라, 그 방법으로는 되지 않는다는 사실을 발견한 것뿐이라니, 과연 발명왕다운 무서운 집념이 아닐 수 없습니다.

그들은 일단 어떤 의문을 갖고 실험에 착수 했다고 하면 침식을 잊고 일에 매달렸으며 끝끝내 해내고야 마는 끈질긴 노력과 인내심을 지니고 있었기에 온갖 어려움을 이겨내고 마침내 빛나는 발명왕이 된 것입니다.

흔히 성공한 사람들을 보고 억세게 재수 좋은 사람들이라고 부러워합니다. 이것은 물론 실력만 가지고 성공하는 것이 아니라 행운도 뒤따라야 한다는 뜻이 포함된 것이지요. 그러나 행운이 성공을 가져다주는 것은 아닙니다. 성공한 사람들에게는 비범한 노력과 끈질긴 집념이 있었기에 가능한 것이었다는 사실을 간과해서는 안될 것입니다.

우리는 발명인들의 끈질긴 집념과 좌절하지 않는 용기, 그리고 피땀 어린 노력과 끝까지 견디어내는 인내심과 특히 실패를 성공과 동일하게 보는 긍정적인 사고방식을 배워야 합니다.

3

자신을 이기는 자는 강하다

- 극기의 인생 베토벤 -

　인류의 역사와 더불어 영원히 사라지지 않은 주옥같은 명곡을 남긴 베토벤(1770~1827)은 13세에 아버지가 세상을 떠나자, 두 동생의 생활비까지 책임을 져야하는 가장이 되었습니다. 거기에다 늑막염으로 고통을 받는 등 가난과 역경이 중첩되는 중에서도 음악에 대한 정열은 더욱 불타올랐습니다.

　경제적인 괴로움이 가중되면서 설상가상으로 이번에는 귓병까지 앓게 되었습니다. 증상은 날이 갈수록 심해져서 32세 때에는 거의 소리를 들을 수 없게 되었습니다. 음악가에게 소리를 들을 수 없다는 것은 이미 죽은 것이나 다름없는 일이었습니다. 크게 낙담한 베토벤은 자살을 결심하고 두 동생에게 유서를 썼습니다. '가을의 낙엽이 땅위에 떨어지듯 내 희망도 사라졌다'…… 그러나 그는 곧 마음을 되잡았습니다. 그리고 새로운 의지와 희망을 품고 잇달아 많은 명곡을 발표했습니다. 피아노를 위한 소나타 〈월광〉을 비롯하여 교향곡〈영웅〉, 〈운명〉, 〈전원〉등 명작들이 그 무렵에 작곡된 것입니다.

1824년 5월 빈 극장에서 발표된 제9교향곡〈합창〉은 베토벤의 환희를 그대로 묘사한 것으로서, 이 우렁찬 승리의 노래는 오늘날 까지도 무한한 감격 속에서 살아 숨 쉬고 있습니다.

인생의 싸움 중에서 가장 어려운 싸움은 내가 나하고 싸우는 싸움이요, 인생의 승리 중에서 가장 어려운 승리는 내가 나를 이기는 승리입니다. 일찍이 플라톤은 '인간의 최대의 승리는 내가 나를 이기는 것이다'라고 말했지만, 베토벤이야 말로 자기 자신을 이겨낸 본보기 인생입니다. 베토벤은 참으로 불행하고 순탄치 않은 역경에서 살았지만, 자기와의 싸움에서 이김으로써 마침내 악성(樂聖)이란 칭호까지 얻을 수 있었습니다.

베토벤은 강인한 의지력으로 자기 자신을 이겨냈습니다. 자기를 이긴다는 것은 그 어려운 역경과 신체적 장애를 극복하고 자기의 목적하는 바를 성취하는 것이기 때문에 내가 나를 이긴다는 것은 결코 쉬운 일이 아닙니다. 그래서 노자(老子)는 '남을 이기는 자는 힘이 있지만, 자신을 이기는 자는 강하다'고 했습니다. 참으로 강한 사람만이 나를 이겨 낼 수 있습니다.

우리는 생존경쟁과 동시에 자기와의 투쟁 속에서 살아갑니다. 남을 이기려면 먼저 나를 이겨야 합니다. 나의 마음속에는 나의 적이 많습니다. 내가 싸워서 물리쳐야 할 것들이 허다합니다. 게으름, 안일함, 나약함, 무책임, 근심걱정, 비겁함, 이기심, 정욕, 탐욕등 모두다 나의 향상과 전진을 가로막는 요인들입니다. 이것이 곧 나의 적입니다. 이러한 내 안에 있는 적을 물리치지 못하면, 비겁하고 무책임하고 안일한 인간으로 전락하고 말 것입니다.

세상에서 큰일을 한 사람이나 남의 존경을 받는 인물들을 보면 자기가 자기와 싸우는 내적 투쟁에서 승리한 사람들입니다. 우리는 남을 이기는 자가 되기 전에 먼저 자기를 이기는 사람이 되어야 합니다.

4

나도 할 수 있다는 신념으로 도전하라

- 여장부의 다짐 -

TYK그룹의 김태연 회장은 고향에서 기 한번 못 펴고 지내다가 23세 때 가족과 함께 미국으로 이민을 갔습니다. 누구나 다 겪기 마련 이지만 낯선 이국땅에서의 정착을 위한 생활은 너무나 힘에겨웠습니 다. 어린 시절에 배운 태권도로 도장을 운영할 때나 자신의 사업을 꾸려 나갈 때도 특히 유색인종으로서 더구나 여자의 몸으로 혼자 넘어야 할 산이 너무나 많았습니다. 하지만 그때 마다 스스로를 다 잡으며 그녀는 속으로 되뇌였습니다.

'He can do it, She can do it, Why not me?' (그도 할 수 있고 그녀도 할 수 있는데 왜 나라고 못하겠는가?) 이런 식으로 자기에게 긍정적이고 적극적인 암시를 주고 늘 그렇게 마음먹고 주문 외듯 다짐하곤 하니 어느 사이엔가 그녀의 사고와 행동, 태도와 성격에 커다란 변화를 일으켰으며, 또한 강한 신념이 형성되어 마침내 성공하게 된 것입니다.

현재 그녀가 운영하고 있는 라이트 하우스를 비롯하여 환경, 컴퓨터, 인터넷, 피부미용에 이르기 까지 사업을 확장하여 연 매출이 1,500억원을 기록하는 우량기업으로 성장시켰습니다. 사업뿐만 아니라 태권도 도장인 정수원아카데미의 그랜드 마스터로 또 자신의 이름을 내건 프로그램인 '태연 김 쇼'의 진행자로 활약하여 미국 내 저명인사들의 반열에 올라 있습니다.

그녀는 변화를 원하는 젊은이들에게 이렇게 당부하고 있습니다. "사람의 마음가짐이 인생을 결정짓는 중대한 역할을 한다는 사실을 잊어서는 안 됩니다. 안된다는 생각 때문에 조바심을 내고 자학하는 것처럼 자신을 망치는 지름길은 없습니다. 그런 마음이 자신의 발전을 방해하는 가장 큰 적이라는 것을 알아야 합니다. 다른 사람이 다 할 수 있는 일을 왜 자신은 못한다고 생각합니까? 모든 일은 '할 수 있다'는 자신감에서부터 출발 합니다. 자신의 마음속에 꿈을 가지고 그것을 실현 시킬 수 있다는 생각을 하면 그것이 바로 성공의 출발이 되는 것입니다."

이 이야기 속의 주인공인 김태연 회장이 수많은 어려움을 겪으면서도 좌절하지 않고 끝내 성공을 거둘 수 있었던 것은 그녀에게 '나도 할 수 있다'는 확고한 신념이 있었기 때문입니다. 그 확고한 신념이 불가능을 가능케 한 것입니다.

영국의 철학자 존 스튜어트 밀은 '신념을 가진 한 인간의 힘은 흥미

밖에 갖고 있지 않는 아흔아홉 사람의 집단 보다 강하다'고 말했습니다. 신념을 가진 사람은 혼자서도 강합니다. 그렇기 때문에 신념이 있는 자 만이 큰일을 해 낼 수 있습니다.

우리는 확고한 신념을 가지도록 노력해야 합니다. 확고한 신념을 갖기란 결코 쉽지 않습니다. 그러나 확고한 신념만 가지고 있다면 행동을 일으키는 힘, 자기가 추구하는 세계를 만들어 내는 힘도 주어집니다. 모든 성취는 신념의 산물입니다. 신념이 없는 자가 입신출세한 일이 없고 큰일을 성취한 예 가 없습니다. 세상에 이름을 떨치고 큰 부자가 되고 큰일을 해내고 사회에서 존경을 받고 있는 인물은 모두가 '나도 할 수 있다'는 확고한 신념을 가진 사람들입니다.

확고한 신념에서 진취적 기상이 생기고, 도전적 용기가 생기고, 능동적 태도가 생기고, 칠전팔기의 투지력이 생깁니다. 그래야 인생에서 승리할 수 있고 성공할 수 있습니다. 신념을 가진 사람은 바로 '하면 된다'는 자신감을 가진 사람입니다. 미래는 '나도 할 수 있다'는 신념으로 도전하는 자의 몫입니다.

5

뜻이 있는 곳에 길은 열린다

- 피아노가 없는 음악영재 -

'피아노 없는 기초 수급 소녀, 세계적 콩쿠르 우승'

어느 조간신문 머리기사로 실린 제목입니다. 열일곱 살 문지영이 지난 8월 8일 독일에서 열린 제13회 에틀링겐 국제 청소년 피아노 콩쿠르에서 우승을 차지한 것입니다.

전남 여수에서 여섯 살 때부터 피아노를 쳐온 지영이 집에는 피아노가 없습니다. 부모님은 장애 2,3급으로 기초생활보장 수급자라서 한 달에 80만원씩 정부의 지원을 받아 근근히 생활을 꾸려가는 처지라서 4년 전 서울에 있는 예술중학교에 합격하였으나 학교 다니는 데에 돈이 많이 들어 포기하고 말았습니다. 대신 지영이는 집에서 혼자 공부하면서 피아노가 있는 동네 교회와 학원을 돌아다니며 하루 8시간씩 연습에 몰두했습니다.

이런 지영이가 세상을 놀라게 했습니다. 20세 이하의 청소년을 대상으로 한 이 대회에는 세계 40개국의 청소년 연주자 251명이 참가하였는데, 여기서 당당히 1등을 차지한 것입니다. 한국에서는 손열음(2000년)과 심선욱(2004년)등이 모두 이 대회에서 우승하여 세계적인 연주자로 발돋음 했습니다. 지영이의 연주를 접한 대회 심사위원단은 '음악적 상상력이 17세 소녀라고는 믿기지 않을 정도로 놀랍다'고 평했습니다.

피아노를 치고 싶다고 졸라서 여섯 살 때 처음 피아노를 배운 지영이는 열두 살 까지 여수의 피아노 학원에서 배웠는데, 열두 살 때는 선화음악콩쿠르 대상과 음악춘추콩쿠르 3위에 입상하면서 세간의 주목을 받게 되면서 그 뒤 2년간은 선화음악영재 아카데미에서 공부 할 수 있었습니다. 2009년에는 폴란드에서 열린 아르트르 루빈스타인 국제 청소년 피아노 콩쿠르에서도 공동 1위에 올라 음악 영재로 두각을 나타냈습니다.

참으로 어려운 환경에서 꿋꿋하게 버틴 음악 영재 문지영, 자칫 '가능성 있는 음악 영재' 정도에서 멈출 뻔 했던 그녀가 도약할 수 있는 기회를 맞은 것은 3년 전 당시 한국 메세나 협회와 사회복지공동 모금회가 저소득층 청소년에게 예술 교육의 기회를 마련해 주자는 취지로 '아트드림 콩쿠르'를 개최한 바 있었는데, 이 대회에서 중등부 대상을 받아 피아니스트인 한국예술종합학교의 김대진 교수를 만나게 된 것이 계기가 되었습니다. 올해 3월 지영이는 수업료 전액을 국비로 지원

받는 한국예술영재학원에 입학하여 김대진 교수의 지도를 받고 있습니다. 스승 김대진 교수는 '지영이가 음악에 대한 갈증으로 늘 목말라 있었다'며 그의 앞날에 큰 기대를 걸고 있습니다. 참으로 기특하고 자랑스러운 지영이가 아닐 수 없습니다. 그 어려운 가난 속에서도 좌절하지 않고 오직 자기의 꿈을 이루기 위하여 꾸준히 노력해온 지영이가 참으로 대견스럽기만 합니다. 더구나 자라온 환경을 탓하지 않고 혼자 공부해서 벌써 검정고시로 고등학교 과정을 마쳤다니 묵묵히 준비하면서 조금씩 조금씩 목표 실현에 접근해 나가는 지영이의 그 성숙하고 믿음직한 굳은 의지가 새삼 우리 모두를 감격시키고 있습니다.

사람이 하고자 하는 일을 가능케 하는 것은 굳은 의지의 힘입니다. 어떤 일을 성취하겠다는 굳은 의지를 갖는 사람은 바로 그 의지로 인하여 모든 장벽을 뚫고 마침내 뜻한 바를 성취하게 되는 것입니다. 지영이의 그 굳은 의지가 목적하는 뜻을 꼭 성취할 수 있게 되기를 간절히 바라는 마음입니다.

6

늦깎이 인생도 대성 할 수 있다

- 켄터기 프라이드 치킨의 유래 -

KFC 매장 앞에 가면 하얀 양복을 입고 뿔테 안경을 쓴 배불뚝이 할아버지가 버티고 있는 모습을 볼 수 있습니다. 그가 바로 세계적인 체인점을 이뤄낸 '켄터기 프라이드치킨'을 창업한 커넬 할랜드 샌더스 입니다. 그의 젊은 시절은 불행 그 자체였습니다. 어린 나이에 아버지를 여읜 그는 어머니마저 가출해 버려 어린 동생들까지 돌봐야 했습니다. 그래서 그는 직장에서 해고당하기 일쑤여서 사업을 시작 했으나두 차례나 실패하는 바람에 재산을 모두 탕진하고 말았습니다. 그는 마흔 살 때 한 주유소에서 일하게 되었는데, 찾아오는 손님마다 '이 동네에는 제대로 먹을 만한 음식이 없다'고 푸념 섞인 불평을 하는 말을듣게 되었습니다. 사람들의 불평에 그는 아이디어 하나가 번뜩 떠올랐습니다. 지나가는 손님이 부담없이 먹을 수 있는 간편한 음식으로 닭튀김이 제격이라는데 착안하게 되었습니다.

그는 집에 딸린 작은 창고에서 닭튀김 요리를 개발하여 음식점을 차렸는데 얼마 지나지 않아 샌더스의 음식 맛은 입소문을 탔고 지역 신문과 잡지에 소개되면서 그야말로 대박이었습니다. 그러나 행복은 오래 가지 않았습니다. 얼마 후 아들이 사고로 죽고 아내에게 이혼 당하는 신세가 되고 원인모를 화재로 식당까지 불타버렸습니다. 다시 식당을 차려 재기하려고 했지만, 식당 주변에 고속도로가 개통되면서 손님은 아예 뚝 끊겨버리고 말았습니다. 결국 식당은 경매에 넘어가 파산되고 마침내는 노숙자 생활을 할 수 밖에 없게 되었습니다. 그는 노숙자 생활을 하면서도 자기만의 독특한 닭튀김을 개발 하는데 몰두했습니다, 그리고 계약을 맺기 위해 전국의 음식점을 찾아 다녔지만, 음식점 주인들은 그를 떠돌이 노인정도로만 여겨 성사되기가 어려웠습니다.

그는 3년 동안 무려 1009곳에서 거절당했지만 꿈을 포기하지 않았습니다. 그러다가 68세 때 1010번째 찾아간 음식점에서 첫 계약을 성사시켰습니다. 첫 계약자는 레스토랑을 경영하는 피터하먼 이라는 사람이었는데, 그의 제안에 따라 체인사업을 해 보기로 하였습니다. 그는 자동차를 몰고 전국을 돌며 아무 음식점이나 들어가 자신이 요리한 치킨을 맛보여주고 마음에 들면 체인점 계약을 맺자고 했습니다. 그렇게 8년 동안 무려 600여개의 체인점을 확보할 수 있었습니다. 지금 그의 끈질긴 도전 덕분에 전 세계 80여개 나라에 약1만3천여 곳에 매장을 가진 프랜차이즈로 성공할 수 있었습니다.

늦은 나이에 끊임없는 도전으로 인생을 꽃피운 샌더스 할아버지의 놀라운 집념과 성취에 감탄을 금할 수가 없습니다. 그는 많은 시련을 겪은 비참한 인생을 살아왔지만 '이렇게 살아선 안되겠다'는 자각과 함께 꿈을 향해 도전하고 또 도전 했습니다 그 결과 뜻한 바를 이뤄내 인생의 주인공이 될 수 있었습니다.

인간을 인간답게 산다는 것은 도전하면서 사는 것입니다. 산다는 것은 싸우는 것입니다. 도전적 정신이 없이 인생의 큰일은 결코 이루어지지 않습니다. 산다는 것은 시련의 연속입니다. 불안의 비바람을 맞으면서 시련의 강을 건너고 험난한 산을 넘는 악전고투의 과정이요 분투노력의 과정입니다. 그런 연옥을 겪어야 승리의 정상에 도달 할 수 있습니다.

7

천직을 살려야 성공하기 쉽다

- 기회 활용의 명수 -

　세계적인 액션배우로 유명한 일본인 배우 쇼 코스기는 소년 시절부터 배우를 꿈꾸어 오다가 19세에 무일푼으로 혼자 미국으로 건너갔습니다. 그러나 아무런 연줄도 없이 무작정 미국으로 건너간 무명의 일본인이 스타가 된다는 것은 그야말로 하늘의 별을 따는 것만큼 이나 어려운 일이었습니다. 그래서 그는 레스토랑이나 세탁소 등에서 아르바이트를 하면서 엑스트라를 맡기도 했습니다. 그런 그에게 뜻하지 않게 기회가 찾아왔습니다. 그는 어린 시절부터 배운 가라데를 미국에 와서도 매일 연습을 했는데 그 가라데가 미국에서 붐이 일어난 것입니다. 그는 도장에서 가라데를 가르치게 되면서부터 배우에 대한 의욕이 끓어올랐습니다. '내게는 가라데가 천직인 것 같다. 그래 가라데를 살릴 수 있는 액션영화에 출연한다면 스타의 길도 결코 멀지않다.' 이렇게 생각한 코스기는 가라데 시합에서 우승하여 받은 수 많은 트로피를 들고 영화사를 직접 찾아다니며 자기를 홍보 했습니다. 그 결과 그에게 두 번째의 기회가 찾아왔습니다. 미국에서 무술영화 붐이 일게 되고 무술과 관련된 영화가 수없이 제작되기 시작한 것입니다. 그리고 그 중의 한편에 응모한 그의 가라데 연기가 높은 점수를 받아 주연으로 발탁되기에 이른 것입니다. 그리고 이 영화가 히트하자, 그는 액션 스타로서 성공했을 뿐만 아니라 세계적으로 유명한 영화배우로 성장할 수 있었습니다.

이 코스기의 이야기는 꿈을 실현시키는데 있어 자신의 꿈과 타고난 재능을 어떻게 접목시켜야 하는가에 대하여 의미 있는 교훈을 주고 있습니다. 앞의 이야기에서 보는 바와 같이 자신의 꿈과 타고난 재능을 적절하게 연결시킬 수만 있다면, 아무리 조건이 나쁘다고 해도 당신은 분명 성공할 수 있습니다. 코스기는 '내게는 가라데가 천직인 것 같다. 가라데를 살릴 수 있는 액션영화에 출연 한다면 스타의 길도 멀지않다.'고 확신하고 자기의 특기인 가라데를 천직이 되도록 노력 했습니다. 여기서 천직 이라함은 자기 적성에 맞고 또 자기가 잘할 수 있는 재능을 십분 발휘할 수 있는 직업을 통하여 사회에 이바지하는 것이 하늘이 자기에게 맡겨진 사명이라는 자부심을 갖게 된다면 이것이 바로 천직인 것입니다.

자기의 꿈을 실현시킨 사람들을 관찰해 보면 모두가 자기의 직업을 천직으로 삼고 자기의 모든 것을 바쳐 열심히 일한 사람들이라는 사실을 알 수 있습니다. 그러므로 우선 자기의 천직 또는 자기 특유의 능력이나 특기를 살린 다음에 소원을 설정하는 것이 중요합니다.

코스기처럼 자기의 재능을 살려 그 방면에 탁월한 실력을 쌓게 되면 기회는 자연히 찾아오게 되어 있습니다. 영국의 작가 리튼은 '기회는 모든 사람에게 찾아오지만, 이것을 활용하는 사람은 소수이다'고 말 했습니다. 왜 그럴까요? 받아들일 준비가 안되어 있기 때문입니다. 다시 말하면 기회는 반드시 오지만 준비하고 기다리는 자에게만 찾아온다는 것입니다.

천직을 깨닫고 그 일에 전력투구하면 반드시 성공할 기회가 찾아옵니다. 그렇다고 모든 일이 순풍에 돛을 단 듯 순조롭게 이루어지는 것만은 아닙니다. 인생에는 예상치 못한 일들이 얼마든지 일어나기 때문입니다. 참고 견디어 나간다면 언젠가는 천직을 마음껏 살릴 수 있는 기회가 굴러들어오기 마련입니다. 준비하고 기다리는 자에게 반드시 찾아오는 것이 기회입니다.

8

희망이 있어야 살 길이 열린다

- 삶과 죽음의 싸움 -

1972년 남아메리카의 태평양 연안을 남북으로 달리는 안데스산맥의 험준한 산중에서 비행기 추락사고가 있었습니다. 승객45명 중 29명이 죽고 16명만이 72일 만에 기적적으로 살아 돌아온 실화가 영화로 만들어져 많은 사람들에게 큰 충격과 함께 깊은 감명을 주었습니다. 그것이 바로 '얼라이브'라는 영화입니다. 하얀 눈 덮인 안데스산맥에서 악천후를 만난 여객기는 산 중턱에 부딪쳐 동체는 동강이 나고, 사고현장은 그야말로 아비규환의 수라장이 되고 말았습니다. 심한 눈보라는 동강난 동체를 순식간에 눈으로 덮어 버렸고 부상자는 속수무책으로 죽어갔습니다. 추락한지 며칠간은 실종된 비행기를 찾는 구조배행기가 공중을 맴돌고 있어 그런대로 희망을 가질 수가 있었습니다. 그러나 이주일을 넘기면서 구조기는 보이지 않게 되었습니다. 거기에 추위와 배고픔이 생존의 위협으로 다가왔습니다.

이때부터 그들은 죽음과의 무서운 싸움이 시작되었습니다. 혹독한 추위를 견디기 위해 죽은 자의 옷을 벗겨야 했고, 극도의 허기를 면하기 위해서는 아무것이라도 먹어야만 살아남을 수 있었습니다. 고립무원의 절박한 상황에서 추락한지 수주일이 지난 어느 날 어렵게 라디오를 고쳐 방송을 듣게 되었으나 그것은 너무나 절망적인 소식이었습니다. 정부에서는 이미 사고 비행기를 찾는 것을 포기했다는 것입니다. 눈 덮인 산중에서 추위와 허기를 용케도 버티어 온 것은, 그래도 반드시 구조대가 올 것이라는 희망이 있었기 때문이었는데, 이제 그 소망은 완전히 사라진 것입니다. 죽느냐 사느냐 하는 생사의 갈림길에 선 그들은 너무나 절망적이었습니다. 구조를 포기했다는 라디오 방송의 소식은 한 동안 모두를 절망속에서 갈팡질팡하게 만들었지만, 그 소식은 오히려 사태를 역전 시키는 계기를 마련해 주기도 했습니다. 모두가 절망 속에서 헤어나지 못하고 있을 때, 한 친구가 기쁜 소식이 있다고 나섰습니다. 이왕 죽을 바에는 앉아 죽을게 아니라 내려가다가 죽더라도 산을 내려가자는 것입니다. 희망을 버리지 말고 끝까지 살길을 찾아 나서자고 설득하는 것이었습니다. 실로 최악의 상황을 최선의 상황으로 바꿀 줄 아는 사람이었습니다. 그들은 결국 희망 있는 지도자를 따랐습니다. 그리고 하산하기 시작했습니다. 험준한 산골짜기를 헤쳐 내려오기를 며칠, 죽음과 삶의 싸움에서 드디어 추락한지 72일 만에 극적으로 생명을 건지게 된 것입니다.

이 실화는 절망적인 극한 상황에서 인간이 살 수 있는 길은 희망을 잃지 않는 것이라는 사실을 일깨워 주고 있습니다. 죽느냐 사느냐 하는 생사의 갈림길 같은 그 절박한 상황에 서면 인간은 대개 두 부류로 갈라집니다. 이젠 꼼짝없이 죽을 수밖에 없게 되었다고 한탄하는 사람과, 이젠 살기위해 뭔가를 해야 한다고 희망을 갖는 사람도 있습니다. 절망과 희망, 가만히 앉아 죽음을 기다릴 것인가, 아니면 일어서서 활로를 개척해 나 갈 것인가? 당신은 어느 쪽을 택하겠습니까?

세상의 온갖 고난과 어려움이 있어도 이것을 극복하게 되는 것은 희망이 있기 때문입니다. 우리는 언제나 밝은 희망을 가지고 살아야 합니다. 우리의 살 길을 열어주는 것은 절망이 아니라 희망이기 때문입니다. 희망은 곧 삶을 전진케 하는 힘입니다. '내일 지상에 종말이 올지라도 나는 오늘 한 그루의 사과나무를 심겠다'는 소피노자의 말처럼 우리는 희망을 가지고 기쁜 마음으로 행복을 꿈꾸며 인생을 살아가야 합니다.

9

역경은 성공으로의 디딤돌이다

- 한일약품의 태동 -

일제시대, 평안남도 양덕에서 열여섯 짜리 소년이 취직을 하기 위해 6월의 따가운 햇살을 받으며 평양을 향해 황톳길을 걷고 있었습니다. 소년의 수중에는 돈 2원과 평양에 있는 어느 약품판매회사 사장에게 보내는 소개장이 있을 뿐이었습니다. 양덕에서 평양까지는 2백80리, 그는 기차요금이 모자라 80리 길은 걸어가기로 했습니다. 이른 새벽 어머님이 정성껏 싸주신 도시락을 받아 들고 식구들과 헤어져 집을 떠난 그는 밤차를 타고 평양에 도착하여 주린 배를 채우고 나니 그의 수중에는 단돈 20전이 남아 있었습니다. 소개장 덕분에 취직을 한 그는 새벽부터 자정까지 고된 일을 해야 하는 각고의 10년이 시작된 것입니다. 그의 성실성은 얼마 가지 않아 경영자의 인정을 받았지만, 그로 인한 동료나 윗사람의 질시와 학대는 정말로 견디기 어려운 곤욕이었습니다. 그런 가운데서도 그는 밤에는 강습소에 나갔고 남모르게 책을 읽어 약종상 시험에도 합격했습니다. 그렇게 해서 10년 만에 독립할 수 있었습니다. 첫 월급 3원을 받을 때부터 매달 절반씩을 꼬박꼬박 저축한 돈과 퇴직할 때 받은 전별금으로 점포를 차리고 '대일약방'의 주인이 된 것입니다. 10년간의 체험과 열정과 의욕으로 그의 약방은 번창일로 치달았습니다. 그러나 2차 세계대전과 6·25동란은 다시 그의 운명을 원점으로 되돌려 놓고 만 것입니다. 가족들의 손을 이끌고 정치 없는 피난길에 올라 충남 공주에 이르렀을 때에는 신병으로 생사의 기로에서 헤매기까지 했었는데, 다행히 지방유지의 도움으로 그곳 면사무소의 임시서기의 일자리를 얻어 겨우 입에 풀칠을 하게 되었습니다. 그러나 그는 거기에서 머뭇거릴 수가 없었습니다. 대전으로 뛰쳐나온 그는 길거리에 노점을 벌였습니다. 물론 '대일약방'이었습니다. 이 불운과 역경에 굴하지 않고 과감하게 운명과 싸워온 그날의 소년이 지금의 '한일약품'의 설립자 유태규 회장입니다.

역경이 없는 인생은 없습니다. 누구든 저마다 크고 작은 고난과 시련을 겪으면서 살아가는 것이 인생입니다. 따라서 이 역경을 어떻게 극복해 나가느냐가 인생의 가장 중요한 과제입니다. 역경을 정면으로 맞부딪치며 뚫고 넘어가느냐, 아니면 역경이 저절로 물러갈 때까지 기다리느냐의 선택은 전혀 자기 자신의 의지에 달려 있습니다. 유태규 회장은 그의 회고록에서 '만일 운명이 나로 하여금 시련의 선물을 받게 하지 않았더라면, 그리하여 나로 하여금 이를 악물고 운명에 도전하는 용기를 갖게 하지 않았더라면 나는 지금쯤 어디엔 가로 떠밀려 가 있을지도 모릅니다'라고 했습니다. 그는 역경에 굴복하지 않고 용감하게 전면으로 맞부딪치며 역경에 도전함으로써 성공할 수 있었습니다.

인생에 있어 역경이 피할 수 없는 과정이라고 한다면 낙담하고 좌절 할 것이 아니라, 용감하게 도전하여 이를 극복해 나가는 것이 최선의 선택이요 떳떳한 삶의 길입니다.

역경은 한마디로 말해서 '성공의 디딤돌'이라고 할 수 있습니다. 누구도 이 디딤돌을 딛고 가지 않으면 성공의 길에 들어설 수가 없기 때문입니다.

10

궁하면 뚫어라
- 청바지의 유래 -

　유태인 레비 스트라우스(Levi Strauss)는 미국으로 이민 와서 뉴욕의
주택을 돌며 직물 판매를 하다가 1853년 17세 때 샌프란시스코로 이주
하여 금광주변에서 천막을 만드는 일을 해 왔습니다. 1850년대 그 당
시의 캘리포니아는 이른바 골드러쉬로 금을 찾아 일확천금을 꿈꾸는
사람들로 들썩일 때였습니다. 어느 날 군납 알선업자가 레비 스트라우
스에게 10만 여개 분량의 대형 천막 천을 납품하도록 주선하겠다고 제
의해 왔습니다. 뜻밖의 행운을 잡은 레비는 큰 빚을 내어 공장과 직공
을 늘리고 밤낮으로 생산에 몰두하여 주문량을 모두 만들어 냈습니다.
그런데 갑자기 군납의 길이 막혀버려 천막천은 모두 쓰레기가 될 처치
에 놓이게 되었습니다. 이 때문에 그는 파산직전까지 몰리게 된 신세
가 되고 말았습니다.

어찌할 바를 모르고 있던 그가 어느 날 주점에 들렀다가 금광촌의 광부들이 옹기종기 모여 앉아 해진 바지를 꿰 메고 있는 관경을 보게 되었습니다. 그는 무심코 중얼거렸습니다. '바지천이 모두 닳았군, 질긴 천막 천을 쓰면 좀처럼 떨어지지 않을텐테……' 그 순간 그는 번뜩이는 아이디어 하나가 떠올랐습니다. 그는 두꺼운 천막 천을 잘라 처음으로 바지 한 벌을 만들어 보았습니다. 감이 두꺼워서 입기에는 거북하였으나, 옷이 쉽게 해지는 거친 환경에서 일을 하는 사람들에게는 안성맞춤이었습니다. 하나 둘씩 입기 시작하자 천막 천으로 만든 바지가 단숨에 유명해지기 시작했고, 이어서 상의에 대한 수요도 늘어나기 시작했습니다, 바지를 처음 만든 사람의 이름을 따서 광부들은 '리바이스바지'라고 불렀습니다.

천막 천으로 톡톡히 재미를 본 레지는 그로부터 수년 후, 데님 (Denim)이라는 두툼한 면직물을 써서 바지를 만들었습니다. 데님은 훨씬 부드럽고 입기가 한층 편안해서 사람들이 즐겨 입었으므로 장사는 더욱 잘 되었습니다. 그러나 천이 희색이라 때가 잘 탔기 때문에 청색으로 염색을 했는데, 그렇게 하니까 때도 잘 보이지 않고 흙이 묻어도 덜 흉하게 보였습니다. 이렇게 해서 오늘날 우리가 청바지라고 부르는 옷이 탄생한 것입니다.

아이디어 하나로 파산직전의 사업을 다시 일으킬 수 있었던 레비 스트라우스의 이야기는 새삼 아이디어의 중요성을 깨닫게 됩니다. 레비는 그 해결 방법을 찾고자 애쓰던 끝에 우연히 좋은 착상이 떠올라 큰 손해를 면하게 되었을 뿐만 아니라, 이를 계기로 큰 부자가 될 수 있었습니다. 새로운 창조적인 아이디어는 이처럼 순간에 포착된 착상이 아이디어로 현실화되어 당신의 성공신화를 이룩하는데 초석으로 활용될 것입니다.

청바지는 오랫동안 노동자들만의 입는 옷으로 인식되어 왔으나 요즘에는 편리함과 효용성 때문에 오히려 젊은이들이 멋을 부릴 때 입을 뿐만 아니라 일상복으로도 즐겨입는 옷이 되고 말았습니다.

인간의 역사는 창조의 역사이며, 창조는 아이디어에서 나옵니다. 아이디어야 말로 재산입니다. 사업은 돈 만으로 성공하는 것이 아닙니다. 돈이 아무리 많아도 참신한 아이디어가 없다면 결코 성공할 수 없습니다. 실의에 빠져 있던 레비가 한 순간 떠오른 아이디어 하나로 거부가 되었듯이 우리도 독창적인 아이디어를 창조적으로 운용하는 습관을 몸에 익히도록 힘쓰면 언젠가는 거부가 될 수도 있을 것입니다.

11

역경과 시련이 대작을 만든다

- 메시야곡의 탄생 -

1741년 8월 런던 거리 한 모퉁이에 지친 다리를 끌고 흐느적거리며 산책중인 늙은이가 있었습니다. 뇌출혈로 몸의 한쪽부분이 마비되어 제대로 걸을 수조차 없게 되었고 심한 기침 때문에 한참 걸음을 멈춰 서야 했습니다. 조지 프레데릭 헨델(George Frideric Handel : 1685~1759). 그는 오늘날 허름한 차림에 초라하고 지친 모습이었지만, 지난 40여 년 동안 영국과 유럽 일대에 걸쳐 최고의 명성을 떨친 대 작곡가였습니다.

그러나 영광의 순간은 영원하지 못했습니다. 지금 그의 존재는 마치 길거리의 돌맹이처럼 그들 모두에게 내팽개쳐진 신세가 되고만 것입니다. 그렇지만 절망적인 상황을 받아들일 수 없었던 헨델은 독일의 어느 온천장을 찾아가 한 번에 세 시간 이상 계속해서는 안 된다는 의사의 경고를 무시한 채 한 번에 아홉 시간 이상을 물속에 들어가 있었는데, 신기하게도 병세가 호전되기 시작하더니 얼마 후에는 근육에 힘이 돌고 발을 자유롭게 움직일 수 있게 되었습니다. 그의 생에 대한 무서운 욕망이 기적을 가져오게 한 것입니다. 건강이 회복되어 갈 즈음 찰스 제넨스라는 한 시인이 그에게 성경 본문을 가지고 작사한 시에 붙여 작곡을 해달라는 부탁의 편지를 받았습니다. 그는 처음에는 아무 생각이 없이 그 가사 원고를 뒤적거리다가 눈이 휘둥그렇게 떴습니다. 이상하게도 가슴에 찔러오는 대목이 눈을 파고들었기 때문이었습니다. '그는 사람들에게 멸시를 당하고 버림을 받았다. 그는 자기를 불쌍히 여겨줄 사람을 찾았건만 그럴만한 사람은 아무도 없었다. 그를 위로해 줄 사람은 아무데도 없었다.' 그는 시인이 인용한 '이사야서'의 고난 받는 종의 노래가 마치 자신의 이야기를 하고 있는 것만 같은 구절에 갑자기 친근감을 느끼면서 어떤 힘이 자신의 상처를 어루만져 주는 것을 느끼게 되었습니다. '그는 하나님을 믿었도다. 하나님은 그의 영혼을 지옥에 버려두지 않으셨도다…… 그가 너에게 안식을 주리라. 현명한 지도자, 나의 구주가 살아계심을 알도다. 기뻐하라, 할렐루야!' 그 순간 헨델은 온 몸에 엄습해온 전율에 몸을 떨었고 머릿속으로는 놀랄 만큼 아름다운 멜로디가 잇달아 샘솟아 나는 듯 했습니다.

모든 음악 가운데 가장 감격스러운 음악의 하나로 전 세계 음악 애호가로부터 가장 광범위하게 사랑을 받고 있는 '메시아'곡은 이제 종교음악이라는 한계를 벗어나 인류공유의 위대한 음악적 유산으로 승화되었습니다. 오늘날 우리가 헨델의 〈메시아〉곡을 들을 수 있게 된 것은 전적으로 그에게 닥쳤던 역경과 시련의 덕분이었습니다. 그 아픔이 없었더라면 그토록 우리의 마음을 흔드는 작품은 나오지 않았을 것입니다.

어느 시대든지 성공한 사람이란 역경과 시련이라는 쓰라린 경험을 통해서 정신력을 강화하고 그것을 향상에 도움이 되게 한 사람들이라는 것을 잊어서는 안 됩니다.

문호 톨스토이는 '사람은 저마다 자기의 십자가를 지고 살아간다' 고 했습니다. 십자가가 없는 인생은 없습니다. 누구에게나 시련과 고난의 무거운 십자가가 있습니다. 그러나 굳은 의지와 의욕만 있으면 그것을 극복할 수 있는 힘도 주어지는 법입니다. 헨델의 불타는 창작열은 이 모든 시련을 극복할 수 있게 하였고 위대한 대작 〈메시아〉를 탄생하게 한 것입니다.

12

굳은 의지만 있다면 불가능은 없다

- 엿장수 스님 -

금강산 도인으로 통하는 석두 화상스님이 금강산 신계사 조실 스님
으로 있을 때, 어느 날 나이가 지긋한 엿장수 사나이가 찾아왔습니다.
엿장수 사내는 스님의 문하에서 도를 닦는 공부를 하고자 찾아 왔다며
허락해 줄 것을 간청했습니다. 그러나 스님은 중은 아무나 되는게 아
니라며 받아들이지 않았습니다. 그러나 사내의 간청이 하도 절실 한지
라 석두 스님은 엿장수 사내가 남다른 데가 있음을 알아보고 그를 데
리고 절 밖으로 나갔습니다. 논두렁 한 가운데에 이르러 석두 스님은
소매춤에서 뭔가를 꺼내들고 이렇게 말하는 것이었습니다. "여기 이걸
보게, 내 손가락 끝에 쥐고 있는 조그마한 바늘이 보이는가, 이 바늘을
논 가운데 던질 것이니 두 눈을 꼭 감게! 이 바늘을 찾아오면 자네 소
원대로 중을 만들어 주겠네." 한참 있다가 '에잇' 하는 목소리가 들려

왔습니다. 아마도 들고 있던 바늘을 던진 모양이었습니다.

벼가 한창 자라고 있는 무논에 바늘 하나를 던져놓고 그 바늘을 찾아오라는 것이었으니 사내의 심정이 막막할 수밖에 없었습니다. 기가막힐 노릇이었지만 바늘을 찾는 일은 엿장수 사내가 스님이 되는 길이며 석두스님의 제자가 되어 도인이 되는 길이기에 그는 바짓가랑이와 소매를 걷어 붙이고 논으로 들어갔습니다. 그리고는 논바닥을 샅샅이 뒤지기 시작했습니다. 이렇게 시작한 바늘 찾기를 사흘 낮 사흘 밤, 지성이면 감천이라 했던가! 드디어 사내는 논바닥 흙속에서 가느다란 쇠붙이를 찾아냈습니다. 두 눈을 감겨놓고 다행이 논에 집어 던진 바늘하나, 사흘만에 사내는 그 바늘을 찾아왔으니 금강산 석두스님도 더이상 할 말이 없었습니다. 이렇게 해서 엿장수 사내는 마침내 삭발 출가의 뜻을 이루게 되었으니, 그가 후일 끊임없는 수행을 거듭하여 한국 불교통합종단의 초대 종정으로 추대된 효봉 큰 스님이 될 줄이야 누가 알았겠습니까!

이 효봉 큰 스님의 일화는 '굳은 의지만 있으면 불가능은 없다'는 것을 우리에게 일깨워 줍니다. 그는 떠돌이 엿장수가 아니고 유복한 가정에서 태어나 일본 와세다 대학 법학부를 나와 평양 지방 법원에서 10여 년 동안이나 법관 생활을 해오던 이찬영 판사였습니다. 그런 그가 어느 날 깊은 회의에 빠져들었습니다. 같은 사람이면서 몇 줄의 법조문으로 어찌 감히 사람의 목숨을 빼앗는 사형을 언도 할 수 있단 말인가. 며칠 밤을 뜬 눈으로 지새운 끝에 그는 크게 깨달은 바가 있어

법복을 벗고 득도의 길에 들어선 것입니다. 그러나 스님 되는 일이 쉽지 않았습니다. 자신의 과거 행적을 숨긴 채 떠돌이 엿장수를 하며 방랑의 고행 길에 나선지 3년, 1925년 38세의 나이로 마침내 금강산 도인 석두스님을 만났으나, 노스님이 던져진 바늘 하나를 찾아내고서야 겨우 득도의 길에 들어설 수 있었던 의지의 사나이, 그 놀라운 인내심과 철석같은 의지력에 그저 감복할 따름입니다. 보통 사람 같으면 엄두도 내지 못했을 것이지만, 그는 기어이 바늘을 찾고야 말았습니다. 굳은 의지가 그를 스님 되게 만든 것입니다. 사람이 하고자 하는 일을 가능케 하는 것은 의지 즉 목적의식의 힘입니다. 의지는 성공적인 인생을 살아가는 데에 절실히 요구되는 자질입니다. 아무리 머리가 명석하고 박식하며 성격적으로 성숙한 사람이라도 의지가 박약하면 개인적으로나 사회적으로 큰일을 성취할 수는 없습니다.

강인한 의지의 인간이 되어야 합니다. 지칠 줄 모르는 의욕이 있고 역경에 쉽게 굴하지 않는 용기가 있으며, 목적한 바를 꼭 달성하고자하는 집념이 있어야 합니다. 이러한 정신력이 어려운 여건 속에서도 입신 할 수 있는 원동력이 되어줄 것입니다. 우리는 의지의 인간이 됩시다.

제 2 부

정신력의 기력

사람의 모든 생각과 행동은 마음의 작용에 달려 있고
마음의 온갖 작용을 주재하는 것은 정신력입니다.
사람들은 이 정신력이라는 무한한 가능성과 놀라운 잠재력을
너무도 소홀이 하고 있습니다.
이 훌륭한 생각하는 도구는 우리의 행복, 번영, 마음의 평화
그리고 하려고 하는 모든 것을 이루게 할 수 있는 능력이 있습니다.
우리는 자기 마음속에서 녹슬고 있는 정신력을 계발하여
자기가 원하는 것을 성취하는 데에 활용해야 합니다.

모든 것은 마음이 짓는다

- 일체유심조의 진리 -

원효대사(元曉大師 : 617~686)는 신라 시대의 고승으로 한국 불교의 최고봉의 존재입니다. 그의 나이 40세 때에 의상(義湘)스님과 함께 당나라로 유학의 길을 떠났습니다.

가는 도중에 날이 저물었습니다. 쉴 곳이 없어서 산 속의 토굴에 들어가서 하룻밤을 보내게 되었는데, 그는 잠결에 몹시 갈증을 느꼈습니다. 토굴 밖으로 나아가 어둠 속에서 물을 찾고 있었는데 마침 바가지가 손에 잡혔습니다. 다행히 바가지에는 물이 있어 그것을 마셨습니다. 감로수처럼 시원하고 맛이 있었습니다, 그리고는 다시 토굴에 들어가서 하룻밤을 보냈습니다.

그 다음날 아침, 원효는 토굴 밖으로 나오다가 어젯밤에 마신 물이 해골바가지에 고인 썩은 물인 것을 알고 깜짝 놀랐습니다. 간밤에 바가지로 생각한 것은 사실은 사람의 해골이었습니다. 그는 어젯밤에 먹은 것을 생각하니 금방 토하고 싶어졌습니다.

원효는 문득 의문이 떠올랐습니다. '어젯밤에 바가지의 물이라고 생각하고 먹었을 때에는 감로수처럼 시원했는데, 해골바가지의 물이라고 생각하니 오염 수 같이 느껴져 구역질이 나니 이것이 도대체 어찌된 일인가? 똑같은 물인데 왜 감로수처럼 느껴지기도 하고 오염 수같이 생각되기도 하는가? 결국 이는 마음의 문제가 아닌가? 동일한 물건이나 현상이 마음 먹기에 따라서 이처럼 하늘과 땅 사이만큼이나 엄청난 차이가 생기니, 이세상의 모든 것이 다 마음가짐 여하에 의해서 달라지고 있는 것이 아닌가?' 그는 〈화엄경〉의 일체유심조(一切唯心造)의 진리를 깨달았습니다. 그는 당나라에 가서 더 공부할 필요를 느끼지 않았습니다. 의상스님만이 유학의 길을 떠나고 그는 되돌아 왔습니다.

이 원효의 이야기는 인생의 중대한 진리를 우리에게 가르쳐 줍니다. 이 세상의 모든 문제는 결국 마음의 문제입니다. 마음이 모든 것을 결정하는 것입니다.

예수 그리스도는 '하늘나라는 내 마음 속에 있다'고 갈파했습니다. 천국이나 지옥이 딴 곳에 있는 것이 아니라 나의 마음속에 있습니다. 나의 마음이 이 세상을 천국으로 만들기도 하고 지옥으로 만들기도 합니다. 나의 마음속에 사랑과 평화와 기쁨이 차 있으면 그것이 천국이요, 미움과 불평과 불화로 차 있으면 그것이 곧 지옥인 것입니다.

분명히 이 세상의 모든 일은 우리의 마음가짐 여하에 따라서 천양

지차가 생깁니다. 우리가 어떤 마음가짐을 가지고 세상을 보느냐에 따라서 세상은 크게 달라지는 것입니다. 같은 환경과 조건 속에서 어떤 사람은 행복을 느끼고 어떤 사람은 불행을 느낍니다. 결국 마음이 인생의 근본이요, 마음이 우리의 주인입니다.

불경에 일체유심조(一切唯心造)라는 말이 있습니다. 모든 것은 마음이 짓는다는 뜻입니다. 이 세상의 모든 것이 마음가짐에 달렸다는 것입니다. 인생의 희로애락이 다 마음의 산물입니다. 내가 내 마음을 어떻게 갖느냐에 따라서 즐거운 세상이 될 수도 있고 괴로운 세상이 될 수도 있습니다. 어떤 마음가짐을 가지고 살아가느냐에 따라서 행복하게 살아갈 수도 있고 불행하게 살아갈 수도 있습니다. 이 세상의 모든 문제는 결국 마음의 문제입니다.

14
잠재능력의 실체를 믿어라

- 독수리와 닭의 차이 -

한 행인이 길을 가다가 양계장 옆으로 지나가게 되었습니다. 그는 닭장 속에 갇혀 있는 독수리 한 마리를 발견하고 이상하게 생각되어 주인에게 물었습니다.

"저 건 독수리가 아닙니까? 혹 닭을 해치거나 하지 않습니까?"

그러자 양계장 주인은 "아뇨, 한 번도 그런 일은 일어나지 않았습니다. 독수리는 어렸을 때부터 닭장에서 병아리와 함께 자랐기 때문에 스스로를 닭으로 착각하고 있기 때문입니다." 라고 대답했습니다.

순간 호기심이 발동한 행인은 값을 치르고 그 독수리를 샀습니다. 그리고 높은 산 위의 절벽에서 주저 없이 독수리를 아래로 힘껏 던졌습니다. 독수리는 잠시 아래로 추락하더니 이내 커다란 날개를 펼치더니 힘차게 날아올랐습니다. 그제 서야 자신이 하늘의 제왕 독수리라는 것을 깨달았던 것입니다.

이 독수리의 이야기는 우리 인간에게 시사해 주는 바가 큽니다. 독수리는 틀림없는 독수리로 태어났지만, 자기의 잠재력을 발휘 할 수 없는 환경에서 자라났기 때문에 그만 독수리가 아니 닭으로 전락하고 말았습니다.

그러나 지나가던 한 행인에 의해 독수리는 잠재능력을 발휘 할 수 있는 드높은 창공에 던져지자 내면에 잠들었던 독수리의 본능이 깨어나 하늘을 향해 힘찬 날개 짓을 할 수 있었습니다.

우리 인간에게는 위대한 잠재능력이 깃들어 있지만 그것을 깨닫지 못하고 있는 사람이 많습니다. 그것은 다름 아닌 자신의 잠재능력 즉 가능성을 믿지 않기 때문입니다. 많은 사람들이 주위사람으로부터 '너는 할 수 없어' '성공은 아무나 할 수 있는 게 아니야' 와 같은 부정적인 말을 들으며 자라났기 때문에, 정말 자기는 아무것도 할 수 없는 무능력자가 되어 용기를 내지도 못하고 도전할 엄두도 내지 못하고 있는 것입니다. 이것은 자신에게 능력이 부족해서가 아니라 내면에 감춰진 자신의 잠재 능력을 깨닫지 못하고 있기 때문입니다.

프랑스의 철학자 T·S. 제프로어는 '잠재의식은 이를 믿으려고 하지 않는 사람에게는 그 힘을 발휘하지 않는다'고 했습니다. 그러므로 우리는 자신의 내면에 있는 잠재능력을 믿어야만 합니다. 자신의 내면에 감춰진 잠재능력을 깨닫게 되면 자신이 한낱 닭이 아닌 하늘의 제왕 독수리라는 것을 깨닫게 되듯이, 사람들도 위대한 잠재능력이 자기에게 있다는 사실을 깨닫게 되면, 뜻한 바를 실현시켜주는 엄청난 힘이 자기에게 있다는 것을 알게 될 것입니다.

사실 우리 인간에게는 잠재능력이라는 무한한 가능성을 가지고 있습니다. 그런데 우리는 마음이라고 부르는 이 신비한 도구를 방치한 채 계발도 컨트롤도 하지 않고 있습니다.

이 잠재능력은 우리가 하려고 하는 모든 것을 이루게 할 수 있는 능력이 있습니다. 우리는 자기 마음속에서 녹슬고 있는 잠재능력을 계발하여 자기가 원하는 것을 성취하는데 활용해야 할 것입니다.

15

깊이 궁리 하면 길이 열린다

- 합격사과의 의미 -

1991년 일본 혼슈의 북부 아오모리 지방에 사과 수확을 앞두고 태풍이 불어 닥쳤습니다. 그해 수확량의 90%가 태풍으로 떨어지고 말았습니다. 농민들은 하나같이 실의에 빠졌으며 어찌해야 좋을지 걱정이 태산 같았습니다.

'아니 하늘도 무심하시지 어떻게 이럴 수가 있지?'

'올해 사과 농사는 망쳤어, 이젠 뭘 먹고 살아야 할지……'

모두가 망연자실하고 있을 때 한 농부는 달랐습니다. 그는 지금의 어려움을 극복하기 위해 생각에 몰두 했습니다.

'어떻게 하면 큰 손실을 만회할 수 있을까?'

'떨어진 사과를 활용하는 방법은 없을까?'

그는 무슨 묘안이 없을 까 하고 날마다 곰곰이 궁리를 거듭했습니다. 그러던 어느날 마침내 좋은 아이디어가 떠올랐습니다. 그때는 마침 입시철이라 미신을 좋아하는 일본인의 심리를 활용한 기발한 홍보전략을 세웠습니다.

"금년 태풍에 살아남은 10%의 아오모리 사과는 '절대로 떨어지지 않는 사과'입니다."

그는 이른바 '합격사과'라는 이름을 붙여 판매하기 시작했습니다. 그러자 전국 수험생 부모들에게 폭발적인 인기를 끌게 되어 태풍으로 상처를 입은 흠집투성이 사과를 무난히 판매할 수 있었습니다. 그리하여 그 사과밭 주인은 기발한 아이디어로 큰 손해를 만회하고도 엄청난 수익을 올릴 수 있었습니다.

이 실화는 문제해결의 비결은 깊이 궁리 하는 데에 있다는 것을 시사해 주고 있습니다. 세상을 살다보면 어려운 문제에 부닥치게 마련입니다. 이럴 때 난관을 극복하는 길은 깊이 생각하고 또 생각해서 문제를 풀어나가는 방법을 찾아내는데 있습니다. 여기 나오는 사과밭 주인도 매우 난감한 처지에서 그 해결 방법을 찾고자 깊이 생각하고 또 생각한 끝에 묘안이 떠올라 큰 손해를 면하게 된 사례입니다. 궁리(窮理)하는 것은 재미있고 보람이 있는 일입니다. 궁리한다는 것은 사물의 이치를 깊이 연구한다거나, 좋은 도리를 발견하려고 곰곰이 생각하는 것을 말 합니다. 깊은 뜻을 알아내고 어려운 문제의 해결방법을 찾아내는 일은 궁리하는데서 얻어지는 것이니 참으로 보람 있는 일일 것입니다.

요즘 TV에서 퀴즈풀이나 우리말 겨루기등 프로에 열중하는 것은 다음의 답이나 수를 궁리하고 상상하는 즐거움이 있기 때문입니다. 이처럼 놀이에서 조차 궁리하는 것이 재미가 있는데, 하물며 난감한 처지에서 그 해결방안을 찾고자 깊이 궁리해서 묘안을 찾아내는 일이 얼마나 뿌듯하고 매력있는 일이 아니겠습니까? 더구나 잘만 하면 그것으로 돈벌이도 되고 성취의 기쁨도 맛 볼 수 있고 출세의 길도 열릴 수 있으니 궁리하는 일이야 말로 매력있는 일이 아니겠습니까?

일본 도쿄대학의 도키미 도시히코 교수는 두뇌라고 하는 것은 쓸수록 발달하는 특징을 가지고 있기 때문에 머리를 쓰면 쓸수록 좋아질 뿐만 아니라 오래 산다고 말하고 있습니다. 머리를 좋아지게 한다는 것은 머리를 많이 쓰게 하는 것이요, 두뇌 활동을 활발하게 하는 것입니다. 열심히 생각하고 궁리하는 습관을 기릅시다. 깊이 생각하고, 궁리하는 습관이 당신의 난관을 해결해 주고 장수하는 길을 열어 줄 것입니다.

문제해결의 열쇠는 깊이 생각하고 궁리하는데서 찾아야 합니다. 반드시 해결하겠다는 문제의식을 가지고 끊임없이 궁리에 몰두하면 사과밭 주인처럼 본인도 상상할 수 없었던 좋은 생각이 떠오르게 됩니다. 궁리야 말로 발상의 에너지입니다. 생각하고 또 궁리합시다.
깊이 궁리하는데서 방법이 나오고 문제가 풀릴 것입니다.

16

사람은 바라는 만큼 커진다

- 목표가 있는 인생 -

트로이의 도시 유적을 발굴해서 일약 유명한 고고학자가 된 독일의 슐리만은 젊은 시절 호메로스의 시를 읽고 트로이의 유적이 터키의 소아시아 반도 북서단에 있는 트로아스 지방의 땅 속에 묻혀 있는 것이 틀림없다는 확신을 갖고, 이 유적을 자기의 손으로 발굴해 내는 것이야말로 자기가 해야 할 일생일대의 목표라고 결정하였습니다.

그 목표를 달성하기 위해서는, 첫째 옛 문서를 해독할 수 있는 어학 실력이 있어야 했고, 둘째 발굴에 드는 막대한 자금이 필요하므로 돈을 벌어야 했고, 셋째 발굴에는 장기간이 걸릴 것이므로 시간을 벌어야 했습니다.

그는 이같은 장기적인 계획을 세운 다음 그 계획대로 일을 추진해 나갔습니다. 우선 돈을 벌기 위해 잡화점 점원으로부터 시작했습니다.

여가를 이용하여 어학 공부를 하고 마침내 그 어학 실력이 인정을 받아 무역회사에 발탁되었습니다.

이때부터 그는 열심히 돈을 벌기 시작했습니다. 이리하여 그가 42세가 되었을 때에는 어학 실력과 필요한 자금이 마련되었습니다. 그리고 70세까지 산다고 할 때 30년 정도의 시간도 확보되었습니다.

여기서 그는 하던 사업을 정리하고 본격적으로 트로이 유적의 발굴에 모든 것을 투입했습니다. 1870년 드디어 트로이의 선사시대 유적이 그의 손에 의해 발굴된 것입니다.

인간은 목표를 향해서 행동하는 동물입니다. 인간은 뚜렷한 목표를 가질 때, 그것을 달성하려는 열의가 생기고, 그 목표가 이루어지는 만큼 보람을 느끼고, 나도 무엇인가 실현할 수 있다는 자신감을 갖게 됩니다. 뚜렷한 목표의식을 가지고 살아가는 자만이 큰 일을 성취할 수 있습니다. 꿈이 없고 목표가 없는 인생은 죽은 인생이나 다름이 없습니다. 젊은이들은 저마다 큰 꿈을 가져야 합니다. 그 꿈을 실현하려고 몸부림치면서 분투 노력해야 합니다. 그렇게 살아야 사는 의미가 있고 뜻을 이룰 수가 있습니다.

우리는 이 본보기 인생에서 성공한 요인이 치밀한 계획과 충분한 준비, 그리고 철저한 집중투자에 있었다는 교훈을 얻습니다. 그리고 우리도 이를 본받아 자기가 하고 싶은 꿈을 계획하고 준비하고 실행해 나가는 일에 착수해 봅시다.

'적극적 사고방식'의 저자 노오만 피일 박사는 '성공은 자기 인생의 모든 것을 투입하는 사람을 절대로 외면하지 않는다'고 말했지만, 슐

리만 이야말로 일생일대의 목표 실현을 위해 거기의 모든 것을 투입함으로써 마침내 자기의 뜻을 성취한 것입니다.

우리는 목표를 세우되 크고 높은 목표를 세워야 합니다. 인생을 송두리째 걸고 몸과 마음을 다 바쳐서 뜻을 이루려는 목표라면 모름지기 크고 높게 가져야 하지 않겠습니까. 성공해 봤자 성공하지 않은거나 다름없는 쩨쩨하고 좀스러운 성공을 목표로 삼는다면 무슨 의미가 있겠습니까.

그러나 목표를 세우는 것만으로는 부족합니다. 마음만 있다고 모든 것이 이루어지는 것은 아닙니다. 그 목표를 달성할 수 있는 능력이 있어야 합니다. 원대한 목표의 확립, 그것을 실현할 수 있는 능력의 구비, 이것이 대업을 이루는 요건입니다.

나폴레온 힐은 여러 분야에서 성공한 사람들을 조사해서 그들의 공통점을 찾아냈습니다. 그 사람들은 하나같이 확고한 목표를 이루려는 집요함을 가지고 있었습니다. 인생에 목표가 없으면 성공은 불가능합니다. 목표는 사람으로 하여금 그의 정열과 노력을 한 곳에 집중하도록 이끌어 줍니다. 그러나 목표가 없으면 그 힘은 분산되고 맙니다. 명확한 목표를 가지고 있으면 마음은 언제나 그 목표에 집중되고 그 실현을 위해 전진해 나가게 되어 있기 때문에 목표가 있는 사람만이 성공할 수 있는 것입니다.

17

신념은 불가능을 가능하게 만든다

- 신념의 기적 -

경상북도 어느 두메산골에 한 가난한 농촌이 있었습니다. 워낙 산골이라서 농사를 지을 땅도 적지만, 대부분의 천수답으로 빗물만을 믿고 농사를 짓는 형편이었습니다. 그러니 가뭄이 심한 해는 추수를 제대로 할 수가 없었습니다. 그들의 절실한 꿈은 풍부한 물을 갖는 것입니다. 그런데 이 마을에서 십리쯤 떨어진 곳에 깎아지른 듯한 바위산이 병풍처럼 둘렀는데, 강물이 푸른 물굽이를 치며 그 병풍바위 밑을 반원형으로 감돌면서 비켜 흘러가고 있었습니다. 여기에 한 청년이 엉뚱한 일을 생각해 냈습니다.

'저 병풍바위를 뚫고 수로를 낸다면 물은 직류의 기세를 몰아 바로 우리 마을로 내달아 흐를 것이다. 그렇게 된다면 이 일대의 천수답과 밭이 기름진 논으로 변할 것이고, 가난한 이 마을의 농민들도 문전옥

답을 가지게 되어 부유한 마을이 될 것이 아닌가!'

생각이 여기에 미치자 그는 몇 번이고 현지를 답사하고 그 가능성을 검토한 결과 틀림없이 된다는 확신이 섰습니다. 그는 스스로 설계와 측량까지 한 계획을 가지고 마을 사람들에게 설명하고 마을 사업으로 공동 추진할 것을 역설했지만, 마을 사람들은 냉담하기만 했습니다.

'아니, 그래 그 하늘을 찌르는 바위를 뚫고 수로를 낸다고? 그게 제 정신 가지고 하는 소리야!'

마을 뒷공론은 그를 무슨 사기꾼이나 미친 사람으로 돌리는 것이었습니다. 그러나 그는 좌절하지 않고 용기 있게 바위산에 도전하였습니다.

이 이야기는 새마을 운동이 한창 일어나고 있을 때, 모든 국민들에게 '하면된다' 는 신념을 심어주었던 영화화된 실화로, 신념은 꿈을 현실로 변화시키는 기적적인 힘이 된다는 사실을 실증적으로 보여주는 감동적인 이야기입니다. '함께 할 수 없다면 나 혼자라도 해 낼 것이다. 언젠가는 그들이 반드시 합류하게 될 날이 올 것이다.' 이렇게 마음에 다짐하며 혼자서 라도 해내겠다는 신념에 찬 그는 투지도 만만하게 그 거대한 부위를 뚫기 시작하였습니다. 그러기를 수십 일, 젊은이들이 그의 불굴의 신념에 감동하여 모여들자, 동네 어른들이 관계기관에 건의서를 제출하고 언론기관의 고무적인 보도에 힘입어 정부의 지원 사업으로 책정되었습니다. 그리하여 공사는 본궤도에 오르게 되고 마침내 젊은이의 꿈이 실현되었습니다.

지금 그 병풍바위 밑으로 넘실거리는 푸른 물이 직류의 코스를 타고 폭포수처럼 내쏟고 있습니다. 한 젊은이의 굳은 신념이 열매를 맺어 부농의 꿈을 실현 시킨 것입니다.

'신념은 산도 움직인다.' 는 영국의 격언이 있습니다. 신념이란 불가능을 가능하게 만드는 힘이요, 무에서 유를 창조해 내는 원동력입니다. 우리는 자기 자신을 신념의 인간으로 만들어야 됩니다. 신념을 가진 자가 인생의 승리자가 되고 성공 자가 됩니다. 신념은 열의를 낳고 열의는 노력을 불러일으킵니다. 그리고 어떠한 난관에도 용기를 잃지 않으며 단념하지 않고 끝까지 자기의 뜻을 관철시켜 나아갑니다.

우리는 자기 자신을 신념의 인간으로 만들어야 합니다. 큰일을 하려는 사람은 큰 신념을 길러야 합니다. 세상에서 큰 업적을 남긴 사람은 모두 위대한 신념의 소유자였습니다. 인생의 대업을 성취하려면 모름지기 확고한 신념을 가져야 합니다. 우리는 자신을 신념의 사람으로 만들어내야 합니다.

18

자신감은 위대한 힘의 원천이다

- 열등감의 극복 -

미국 제32대 대통령인 '프랭클린 루즈벨트'는 뉴딜정책의 성공과 제2차 세계대전을 승리로 이끈 미국 역사상 가장 위대한 대통령의 한 사람으로 추앙 받고 있지만, 그는 다리가 부자연스러운 불구자였습니다.

루즈벨트는 유복한 가정에서 자랐으며 하버드 대학을 졸업하고 콜럼비아 대학에서 변호사 자격을 취득했습니다. 스물여덟에 뉴욕 주 상원의원이 되고 해군 차관을 거쳐 서른여덟에 부통령에 출마했다가 낙선 됐습니다.

1921년 서른아홉 살 때 갑자기 소아마비라는 병에 걸려 다리에서부터 등 까지 심하게 마비되어 침대에 누워 있어야 하는 세월이 몇 달이나 계속되었습니다. 그 결과 다리가 부자유스러워지는 후유증이 남아 한때는 정치가로서 은퇴하지 않을 수 없었습니다. 병마에 시달린 7년 동안 아내 엘네나의 헌신적인 간병과 불굴의 투지로 소아마비라는 큰 병을 극복할 수 있었습니다.

1928년 루즈벨트 자신은 아직 정계 복귀가 시기상조라고 생각했지만, 그의 의연한 모습을 지켜보던 주위 사람들이 그의 허락도 없이 그를 뉴욕주지사의 후보로 지명했습니다. 그렇게 되자 그는 망설림 없이 자신감을 갖고 선거에 임했습니다. 선거전은 치열했지만, 거기서 승리하여 주지사가 되었고, 이것을 재기의 발판삼아 1932년 마침내 역사상 최초의 소아마비 대통령이 되었던 것입니다.

누구보다도 활동적이었던 그가 부자유스러운 다리, 지팡이에 의존하는 보행, 그러한 상황에 놓여 있을 때, '나는 사람들 앞에 나서기가 창피하다', '나는 건강한 사람처럼 일을 해낼 자신이 없다' 는 열등감에 사로잡혀 비관만 했다면 루즈벨트의 앞날은 어떻게 되었을까요?

그러나 루즈벨트는 심약하여 열등감 따위에 굴복하는 사람이 아니었습니다. 그는 당찼고 모든 일에 자신감을 가지고 임했기 때문에 승리 할 수 있었습니다.

성공과 실패는 자신감의 문제입니다. 만일 당신이 어떤 일에 실패하였다면, 그 이유는 능력 때문이 아니라 자신감의 결여일 가능성이 많습니다. 능력이란 두뇌의 숙련 그리고 소질의 문제이지만, 이것들은 잠재적인 힘에 불과 합니다. 장래에 대한 불안감이나 일에 대한 불안감 따위는 모두 당신의 자신감의 결여 때문에 생기는 것입니다.

우리가 일을 성취하는데 있어 가장 중요한 것은 자신감을 갖는 일입니다. 사람은 자신감을 가질 때 두려움이 없어지고 당당해 집니다.

그리고 하고자 하는 의욕이 생기고 '하면 된다'는 신념이 생깁니다. 또 하려는 일에 용감하게 도전할 기백이 생기고 어떠한 고난도 뚫고 나아가려는 패기가 생깁니다.

미국의 철학자 에머슨은 '자신감은 성공의 제일가는 비결'이라고 했고, 나폴레옹은 '지혜보다 자신감을 갖는 측에 늘 승리가 있다' 며 일을 성취시키고 성공으로 이끄는 힘은 자신감에 있다고 지적했습니다. 자신감은 성공의 원동력이요 승리의 비결입니다. 우리는 열등감을 극복하고 자신감을 길러 두려움 없이 자기의 앞날을 개척해 나가야 할 것입니다.

자신감은 위대한 힘의 원천이요, 인생의 가장 큰 활력소로 용기를 가지고 과단성 있게 앞으로 밀고 나가는 강력한 추진력입니다. 자신감을 가질 때 우리는 난관을 극복할 수 있고, 뜻한 바를 성취해 나갈 수 있습니다. 자신감의 핵심은 '나는 할 수 있다' 는 신념입니다. 신념만 가지고 있다면 행동을 일으키는 힘과 자기가 추구하는 세계를 만들어주는 힘도 주어지는 법입니다.

19

발상을 바꾸면 새것이 태어난다

- 실패에서 얻은 제품 -

　일본의 어느 제약회사에서 새로운 약을 개발하고 있었는데, 어느 날 연구 중에 있는 약병을 잘못 보관하는 것 때문에 많은 공을 들여 개발했던 그 연구가 물거품이 되고 말았습니다. 보고를 받은 회장은 몹시 실망하면서 현장에 가 보았습니다. 그런데 이게 웬 일 입니까? 약병 주위에 난데없는 바퀴벌레가 모여 들어 들끓고 있는 것이 아닙니까? 개발부장은 더욱 난처해하며 회장에게 거듭 사죄했습니다. 이 광경을 물끄럼히 쳐다보고 있던 회장은 "잠깐 기다려 보게! 그 약병에 무엇이 칠해져 있었는가?" 하고 물었습니다.

　"예, 유럽에서 가져온 특수한 흙입니다."

　"이거 어쩌면 대단한 발명이 될지도 모르겠군. 같은 상태에서 한 번 더 해 보게!"

부장은 질책을 각오하고 보고 했던 것인데, 회장의 태도는 사뭇 달랐습니다. 부장은 고개를 갸웃거리며 시키는 대로 했더니 여전히 약병 주위에는 바퀴벌레가 모여들기 시작했습니다.

"됐어, 바로 이거야! 일본을 괴롭혀 온 바퀴퇴치방법을 찾았어! 곧바로 이 흙을 분석하시오."

이렇게 해서 바퀴벌레를 잡을 수 있는 약을 개발하게 된 것입니다. 이 상품은 '고키부리 호이호이'(바퀴벌레 어서와)라는 상표로 상품화하여 대성공을 거뒀습니다. 실패를 역으로 '왜 이렇게 바퀴벌레가 모여들까?' 하고 발상을 바꾼 것이 바퀴가 좋아하는 물질을 발견, 개발하여 회사를 일켜 세운 대 히트 상품이 되었습니다. 이러한 실패한 실험에서 생각지도 안았던 '바퀴벌레 퇴치약' 이라는 발명품을 얻은 것입니다.

이처럼 실패를 뒤집어 보면 뜻밖의 유니크한 아이디어가 묻어 있는 경우가 많습니다. 실제로 과거에 유니크한 발상을 한 사람들이 생각해 낸 아이디어를 조사 분석해 보면 타인의 실패담을 듣고 그 역(逆)을 찌른 예 가 많은 것입니다.

이런 일도 있습니다. 베이클라이트를 발명한 베이클렌드는 장뇌의 대용품을 만들어 보려고 석탄산이나 의산, 염산 등 을 혼합하거나 이에 열을 주거나 하면서 실험을 계속하고 있었습니다. 그러던 어느 날, 이 혼합물이 식어 단단한 덩어리가 되어 버리는 것이 아닙니까, 이 덩어리를 여러 가지 약품을 사용해 녹여 보려고 했지만 아무리 해도 녹지 않았습니다. 조수가 실망한 듯 말 했습니다.

"녹여지지도 않고 깨지지도 않고 전기에 감전되지도 않으므로 이것은 어쩔 도리가 없습니다."

그러나 이때 베이클랜드의 머리에는 번개 같은 그 무엇이 스쳐갔습니다. '이것은 어쩔 도리가 없다는 것이 아니라 굳어지지 않는 상태에서 틀에 넣는다면 떨어지더라도 깨지지 않고, 뜨거운 액체에도 녹여지지 않는 글라스가 된다. 쇠파이프의 대용으로도, 단단한 판자 대용으로도, 전기 절연물로도 사용할 수 있을 것 아닌가.' 이러한 실패한 실험을 발상을 바꾸니 생각지도 않았던 베이클라이트라는 대발명이 되었던 것입니다.

이렇듯 실패라는 지극히 명확한 사실을 뒤집어 놓고, 그 원인을 검토해 보면 뜻밖의 참신하고 혁신적인 아이디어가 저절로 떠오르게 되는 경우가 많습니다. 창조적 사고의 아이디어는 실패를 뒤집어 놓고 생각해 보는 데서도 생겨나는 것입니다. 어떤 일에 실패 했을 때 그 원인을 규명하고 문제 해결의 새로운 방법을 적극 찾아 나설 때 실패가 전화위복이 되고 실패에서 교훈을 얻을 수 있는 것입니다.

20

잠재의식을 잘 활용하라

- 셀프 이미지 트레이닝 -

미국 일리노이 대학에서 재미있는 실험을 한 적이 있습니다. 이 대학 농구팀 선수들을 A, B, C 세 그룹으로 나누어, A 그룹선수들에게는 한 달 동안 슈팅 연습을 시키고, B그룹 선수들에게는 한 달 동안 슈팅 연습을 시키지 않았습니다. 그리고 C그룹선수들에게는 매일 30분 동안 마음속에서 자신이 직접 공을 던져 득점하는 장면을 그려보고, 또 기량도 점점 향상되는 자신들의 모습을 상상하는 소위 '이미지 트레이닝'만을 했다고 합니다. 한 달이 지난 후 놀라운 결과가 나왔습니다. 전혀 훈련을 하지 않은 B그룹이 아무런 진전이 없었던 것은 예상대로였습니다. 하지만 매일 체육관에서 실제 연습을 한 A그룹과 시각화를 통해 마음의 훈련을 한 C그룹선수들이 똑같이 슈팅 득점에서 25%의 향상을 보였다는 것입니다.

어떻게 이런 결과가 나타날 수 있을 까요? 그것은 자기가 원하는 바를 시각적인 이미지로서 자기의 잠재의식에 심어 놓으면 실제와 같은 효과가 나타나기 때문입니다.

우리의 뇌는 실제로 일어난 일과 머릿속에 그린 이미지를 잘 구별하지 못합니다. 즉 실제는 없는데도 뇌가 있다고 느끼면 그 사람한테는 있는 것이 되는 것입니다. 따라서 머릿속에 선명하게 그릴수록 그 이미지가 실현 될 가능성이 높아지게 마련입니다.

성공의 이미지를 머릿속에 강하게 각인 할수록 실제로 성공할 가능성이 높아진다는 것입니다.

실제로 이탈리아가 낳은 세계적인 테너가수 카루소는 밤마다 '커다란 극장에서 초만원을 이룬 청중으로부터 우레와 같은 박수를 받는 모습'을 마음속에 그려왔으며, 자동차 왕 헨리포드는 '미국 안에 자기가 만든 자동차로 가득 찬 모습'을 그려 왔다고 회고하고 있습니다.

또 이탈리아의 육체파 여배우 소피아 로렌은 항상 정열적인 연기와 미인으로 널리 알려진 세계적인 스타지만, 소녀시절의 모습은 별로 매력이 없는 편이었다고 합니다.

그런데 로렌은 매일 거울을 보면서 '나는 미인이다! 나는 미인이다!' 라고 자기암시를 주면서 아름다움을 가꾸는 노력을 꾸준히 실천한 결과 마침내 '미스로마'로 뽑히는 미인이 되었다고 합니다.

이렇듯 성공한 사람들은 그만큼 잠재의식을 잘 활용하여 자기가 원하는 바를 성취시키고 있는 것입니다. 그러면 이 놀라운 잠재의식을 활용하려면 어떻게 해야 할까요? 여기에는 그만큼의 노력과 기술이 있어야 합니다. 그러나 가장 중요한 것은 자기가 원하는 바를 시각적인 이미지로서 자기 마음의 상층에 심는 것입니다. 그리고 자기 성취적 예언을 반복하여 다짐하면서 그렇게 되기 위한 노력을 기울인다면 잠재의식은 당신이 원하는 쪽으로 인도해 줄 것입니다.

잠재의식은 놀라운 작용을 하고 있습니다. 이 잠재의식을 지혜롭게 활용할 수 있다면 우리가 원하는 밝은 미래를 개척해 나갈 수 있습니다. 그러나 무엇보다 중요한 것은 내가 내 마음에 어떤 암시를 잠재의식이라는 땅에 심느냐 하는 것입니다. 왜냐하면 잠재의식은 심은 대로 자라나기 때문입니다.

21

정신력은 기적을 낳는다

- 플라세보 효과 -

미국 캘리포니아 주립대학 로스앤젤레스 캠퍼스(UCLA)의 마취 생리학 연구실에서 사랑니를 뺀 환자를 대상으로 실험을 했습니다.

사랑니를 빼면 상당히 아프기 때문에 진통제인 모르핀을 투여하는 것이 일반적입니다. 그런데 많은 환자에게 모르핀이라고 속이고 모양과 맛이 똑같은 가짜 약을 투여 했습니다. 그 결과 가짜 약을 투여한 환자가운데 60%이상은 정도의 차이는 있어도 '아프지 않았다'는 것이 마취생리학 연구실에서 내린 결론 이였습니다.

강력한 진통효과가 있는 모르핀을 맞았다고 믿는 사람의 뇌에는 모르핀과 아주 비슷한 화학 물질이 생겨났는데, 그 물질이 통증을 잊게 한다는 것입니다.

어떻게 이런 일이 일어날 수 있을 까요? 분명히 의사는 가짜 약을 투여 했는데 치료 효과가 났으니 말입니다. 그것은 환자가 의사에 대한 믿음, 그리고 의사가 투여한 약에 대한 믿음으로 '아프지 않을 것이다' 라는 확신이 있었기에 약의 성분과 관계없이 치료효과가 있었던 것입니다. 그것은 환자 자신이 아프지 않을 것이라는 의식(암시)이 마음속에서 믿음으로 변하면서 그런 저항력을 만들어 낸 것입니다.

이 같은 가짜 약의 효과를 플라세보(위약)효과하고 하는데 플라세보 효과의 기본원리는 믿음입니다. 믿음이 강하면 그것은 어느새 확신으로 변합니다. 믿음은 이처럼 놀라운 작용을 하고 있습니다.

이것은 일찍이 프랑스의 약사이며 심리치료사인 에밀쿠에(Emile Coue : 1857~1926)에 의해 창시된 암시를 이용한 심리요법의 하나로, 그는 암시의 원리와 방법을 질병의 치료에 활용하여 크게 명성을 얻은 사람입니다. 그는 병을 고치는 데에 필요한 것은 회복을 믿는 마음이라고 말합니다.

그의 연구결과 놀라운 데가 많습니다. 실제로 아무 효과도 없는 약을 주고 '이 약은 100%듣는 새로운 약입니다.' 라고 말해 놓으면 대개의 경우 상당한 효과를 얻게 할 수 있다고 합니다. 그것은 환자 자신이 자기의 병은 나아질 것이라는 암시가 마음속에서 믿음으로 변하면서 그런 저항력을 만들어 낸다는 것입니다. 그 신념이 마음의 병을 치유케 한다는 것입니다.

자기암시는 이처럼 놀라운 힘을 만들어 냅니다. 우리는 자기암시의 방법을 긍정적으로 활용하여 강한 신념을 길러 낼 수 있습니다. '나도할 수 있다' '남은 하는데 왜 내가 못해' '하면 된다' 이런 식으로 자기에게 긍정적이고 적극적인 암시를 주고 매일 수십번씩 주문 외 듯 오랫동안 암시를 주면 부지부식 간에 놀라운 암시작용에 의해 사고와 행동, 성격에 커다란 변화를 일으키게 되고 또 강한 신념이 생겨서 자기의 뜻한 바를 이루어 낼 수 있습니다.

문제는 내가 나에게 어떤 암시를 주느냐 하는 것입니다. 우리는 자기에게 긍정적인 암시를 줄 수도 있고 부정적인 암시를 줄 수도 있습니다. 우리는 자기에게 건설적이고 긍정적인 암시를 주어 행복하고 성공하는 인생으로 가꾸어 나가야 합니다.

내가 내 마음에 어떤 암시를 심느냐에 따라서 내 인생의 성패와 운명이 결정되는 것입니다. 우리는 밝고 긍정적인 암시의 씨를 심어 희망과 신념의 열매를 거두어야 할 것입니다.

22

결단은 빠를수록 좋다

- 기이한 선택 -

　고등학교를 졸업하고 양복점에서 일하고 있었던 피에르 카르댕(Pierre Gardin : 1922~)은 제2차 세계대전이 발발하자 적십자사에 징용됐지만, 조국 프랑스가 나치 독일의 점령하에서 해방되자 그도 징용에서 해제되어 집으로 돌아 올 수 있었습니다.

　그러나 그는 어디로 가야할 지 갈피를 못 잡고 헤매고 있었습니다. 이대로 월급쟁이 생활을 계속할 것인가, 아니면 디자이너가 될 것인가에 대한 결정을 내리지 못했던 것입니다. 어쨌든 파리행을 결심했을 때는 그에게 두 장의 종이쪽지가 있었습니다. 한 장은 파리적십자사의 정근 발령장이었고, 다른 한 장은 디자이너인 왈드나에게 보일 소개장이 있었습니다. 파리의 거리를 걸으면서 깊이 생각해 봤지만, 어디로 가야 좋을지 좀처럼 결심이 서지 않았습니다, 어쨌거나 그는 기회를 놓치지 않으려면 빨리 결정을 내려야 했습니다.

그는 결국 마지막 방법으로 주머니에서 동전을 꺼냈습니다. '앞면이 나오면 왈드나, 뒷면이 나오면 적십자사다'라고 소리를 지르며 동전을 하늘 높이 던졌더니 앞면이었습니다. 그는 그렇게 해서 디자이너의 길을 선택했던 것입니다.

카르댕은 왈드나의 가게에서, 다시 디올의 가게를 거치며 디자이너의 꿈을 키워오다가 27세 때 독립했습니다. 그 후 디올이 죽자 그는 디올사의 후계자로 추천되었습니다. 크리스챤디올은 세계의 유행을 지배한 디자인계의 제1인자로 그 가게를 계승한다는 것은 자기의 장래를 보장 받는 것과도 같았습니다.

그렇지만 그는 자립해서 자기의 일을 하고 싶은 욕망 때문에 이번에도 갈등 속에서 어찌해야 좋을지 선뜻 결단을 내릴 수가 없었습니다. 생각타 못한 카르댕은 저번처럼 운명에 맡기기로 하였습니다. 그는 연필을 세워서 오른쪽으로 쓰러지면 디올사로 가고, 왼쪽이면 자립하기로 마음을 정했습니다. 연필은 왼쪽으로 쓰러져 결국 자립의 길을 걷게 되었습니다.

지금 세계를 주름잡고 있는 복식디자이너인 피에르 카르댕은 이런 생뚱맞은 방법으로 자기의 운명을 선택했습니다. 그는 기이한 선택의 방법으로 운명을 결정했지만, 참으로 운이 좋은 사람이었습니다.

인생을 살아가면서 우리는 꽤 많은 기회를 맞게 됩니다. 그런 기회가 찾아오면 망설이지 말고 곧 바로 행동에 옮겨야 합니다. 그것이 성공으로 가는 지름길 입니다. 기회는 순간 찾아왔다가 순간에 사라져 버립니다. 곧바로 행동에 옮기지 않고 우물쭈물하다 보면 원래 쉽게 얻을 수 있는 것도 놓치고 말게 됩니다. 그래서 결단은 빠를수록 좋습니다. 하지만 많은 사람들은 일을 처리할 때 망설이며 단호하게 결정을 내리지 못하는데, 소수의 사람들은 그와 반대로 곧바로 처리해 버립니다. 그렇게 곧바로 일을 처리하는 사람이 적기 때문에 성공한 사람들 역시 적을 수밖에 없습니다.

중요한 시기에 처해서는 반드시 때와 형세를 살피고 즉시 행동에 옮기는 결단이 있어야 합니다. 그런데 피에르 카르댕처럼 어떻게 해야 할지 갈피를 잡을 수 없을 때에는 비록 사리에 닿지 않는 생뚱맞은 행동 같지만, 빨리 결단을 내려야 할 시점에서는 그런 선택의 방법도 하나의 결단의 방법이 될 수 있지 않겠습니까.

문제해결의 열쇠는 사고력에 있다

- 아르키메데스의 원리 -

한 사나이가 목욕탕에서 벌거벗은 채 뛰쳐나와 거리를 달려 나갔습니다. 그는 '유레카!' '유레카!'를 외치면서 미친 듯이 뛰었습니다. 환희의 순간이었습니다. 그는 위대한 발견을 했던 것입니다. 유레카란 말은 그리스말로 '알았다' '깨달았다'는 뜻입니다.

너무도 유명한 이 이야기의 주인공은 그리스가 낳은 가장 위대한 과학자인 아르키메데스(BC 287~212)입니다. 그때 아르키메데스가 발견한 원리는 비중의 원리였습니다.

고대 그리스의 시라쿠스의 히에로 왕은 순금 덩어리를 금세공장이에게 주어서 왕관을 만들게 하였는데, 얼마 뒤 금세공장이가 받은 금의 일부를 가로채고 그 대신 은을 섞어 만들었다는 소문이 왕의 귀에까지 들어가자, 왕은 완성된 왕관에 불순물이 섞여 있는지를 아르키메데스에게 밝혀내도록 명령했습니다. 왕관을 부숴서 분석할 수도 없는 일이라 아르키메데스는 이것을 밝혀 내기위해 밤낮으로 생각에 몰두해 왔습니다.

그러던 어느 날 목욕탕에서 예전과 같이 물이 가득 찬 욕조 안으로 들어갔습니다. 목욕물이 넘치는 동시에 자기 몸이 한결 가벼워지는 것을 느꼈습니다. 그는 넘쳐흐르는 물을 무심코 바라보다가 불현듯 그 원리를 깨닫고는 너무나 기쁜 나머지 벌거벗은 것도 잊은 채 밖으로 뛰쳐나와 스트리킹을 벌린 것입니다.

아르키메데스는 왕관의 진위를 밝혀내기 위해 깊은 생각에 몰두하였습니다. 왕명은 지상명령입니다. 어길 수도 없고 기피할 수도 없기에 반드시 해결해야만 하는 과제였습니다. 그러기에 그는 반드시 해결해야겠다는 문제의식을 가지고 그 해결 방법을 찾고자 생각하고 또 생각한 끝에 좋은 생각이 떠올라 그 문제를 해결할 수 있었습니다.

'액체 속에 물체를 넣으면 같은 부피의 액체 무게만큼 가벼워진다' 이것이 이른바 비중의 원리입니다. 이 원리를 이용하여 아르키메데스는 왕관이 순금으로 된 것이 아님을 밝혀낼 수 있었습니다.

그것은 아주 간단한 것이었습니다. 우선 왕관의 무게를 정밀히 재고 그와 같은 무게의 금덩이와 은덩이를 준비 했습니다. 그릇에 물을 가득 채우고 금덩이를 살며시 물속에 담근 뒤 넘쳐흐른 물을 받아서 그 부피를 쟀습니다. 다음 은덩이를 넣어 보니 넘친 물의 부피는 금덩이 일 때 보다 컸습니다. 그리고 물을 가득 채운 그릇 속에 왕관을 넣어 부피를 쟀더니 금덩이 보다는 컸으나 은덩이 보다는 작았습니다.

이것으로 해서 아르키메데스는 왕이 의심했던 대로 순금으로 만들어 진 것이 아니라 은을 섞어 만들었다는 것을 밝혀 낼 수가 있었습니다.

평소 문제의식을 가지고 꾸준히 생각하는 사람만이 발명의 계기를 잡을 수 있습니다. 반드시 해결하겠다는 철저한 문제의식을 가지고 끊임없이 생각에 몰두하면 본인도 상상할 수 없었던 좋은 생각이 떠오르게 됩니다. 문제해결의 열쇠는 사고력에 있습니다. 현대의 과학 기술문명은 인간의 생각하는 힘에서 탄생했습니다. 생각하는 것은 곧 문제해결의 열쇠요 창조의 원동력입니다. 생각하고 또 생각하면 아이디어가 솟아나고 방법이 나오고 문제가 해결 될 것입니다.

제 3 부

성공인의 자질

이 세상에 태어난 사람이면

누구나 성공을 원하지 않는 사람은 없습니다.

그래서 많은 사람들이 어떻게 하면 성공할 수 있을까 하고

그 비결을 알고 싶어 합니다.

우리는 본보기가 되는 인물의 진취적인 신념과 그의 훌륭한 점을 조사 연구하여

무엇이 성공을 가져오게 만들었는지 그 경험과 노하우를 보고 배워야 합니다.

남이 할 수 있다면 나 또한 할 수 있습니다.

남이 어떻게 해서 성공할 수 있었는지 그 길을 알면 그리고 그 길을 정확히 추구해 나가면

자기도 같은 성과를 얻을 수 있습니다.

한 가지로 승부하라

- 오프라 윈프리의 도전 -

세계1억4천만 시청자를 울리고 웃기는 미국의 저명한 여성 앵커 오프라 윈프리는 자기가 하고 싶은 일과 그 중에서 잘 할 수 있는 한 가지 재주를 찾아내 거기에 전력투구하여 성공한 본보기 인생입니다.

그녀는 인종차별이 극심한 미국 미시시피 주의 흑인 가정의 사생아로 태어났습니다. 파출부로 일하는 어머니와 헤어져 외할아버지와 외할머니 슬하에서 가난을 숙명처럼 받아들이고 살아야하는 열악한 환경에서 자란 그녀는, 갈등과 좌절 속에서 방황하다가 마약을 하고, 몇 명의 친척들과 주변사람들로 부터 성폭행을 당하여 열네 살에 미혼모가 되기도 하고, 돈을 훔쳐 가출했다가 감화원에 수용되기도 하였습니다.

열등감으로 생긴 부정적인 감정 때문에 자포자기한 채 비행을 일삼

84 세상을 살다보면 깨닫게 되는 삶의 지혜

았던 그녀였지만, 차츰 자각이 들기 시작하자 '나도 언젠가는 내가 무엇인가를 해 낼 수 있다는 것을 꼭 보여주고야 말겠다.'는 강한 소망과 뜨거운 열정이 생기기 시작했습니다. 이러한 굳은 결심과 의지는 어릴 때부터 타고난 남다른 특출한 재능 즉 유창한 말솜씨를 살려 그녀를 최고의 토크쇼 진행자로 만들어 주었습니다.

어릴 때 그녀는 외할머니를 따라 교회에 나갔는데, 목사님은 가끔 그녀에게 성경암송을 시키곤 했습니다. 그녀는 그 긴 성경구절을 빠짐없이 암송하였을 뿐만 아니라, 유창하게 말하는 솜씨가 뛰어나 교인들을 놀라게 하곤 했습니다. 그런 오프라를 보면서 주위 사람들은 천재가 났다며 '크게 될 아이'라고 감탄해 마지않았습니다. 그녀가 방송인으로 성공할 수 있었던 근본 요인은 자기의 강점 즉 자기가 잘 할 수 있는 안성맞춤의 일자리를 찾았다는 것과 최고를 향한 끊임없는 도전이 있었기 때문입니다. 그녀는 최고가 되기 위해 끊임없이 새로움과 성장을 추구해 왔습니다. 그러기 위해 피나는 노력을 했으며, 특히 엄청난 양의 독서를 통하여 상당히 높은 지적 수준을 갖게 됨으로써, 풍부한 이야기 거리로 시청자들의 마음을 사로잡을 수 있는 강력한 무기가 되게 하였습니다.

1998년 미국에서 '가장 존경받는 여성'으로 힐러리 클린턴에 이어 두 번째로 뽑힌 그녀는 자신의 강점을 찾아 올인 함으로써 탁월한 성공에 이른 당찬 여걸로 우리 시대에 가장 영향력 있는 방송인으로 두각을 나타내고 있습니다.

우리 속담에 '열두 가지 재주가진 놈이 저녁거리가 없다' 는 말이 있습니다. 이 말은 여러 가지 재능을 가진 사람이 한 가지 재능을 가진 사람보다 성공하기 힘들다는 뜻입니다. 여러 가지 재능이 있는 사람치고 깊이 있는 재주가 없고 이것저것하다 보면 어느 것 하나 제대로 하는 것이 없으니 굶어 죽기 십상이라는 것입니다. 결국 사람은 한 가지 재주로 먹고 살게 되는 것이니 모든 일을 다 잘 할 필요가 없는 것입니다. 그래서 한가지로 승부하라는 것입니다.

한 가지만 잘해도 성공적이고 보람 있는 인생을 살아갈 수 있습니다. 한 가지만 잘하는 사람이 그 분야의 전문가가 되고 도사가 되어 성공할 확률이 높기 때문입니다.

그러므로 자기의 재능 가운데서 강점이 될 만한 한 가지 재능을 선택해서 거기에 모든 시간과 노력을 집중하면 반드시 탁월한 성공에 이룰 수가 있는 것입니다.

25

성공과 승리는 집념의 산물이다

- 빈대가 준 교훈 -

한국의 최대 재벌의 창업자인 현대그룹의 정주영 명예회장이 일생의 가장 귀한 교훈을 빈대한테서 배웠다면 좀 지나친 말일까요? 그러나 그는 '언제나 무슨 일에나 최선의 노력을 기울이면 성공하지 못할 일이 없다'는 교훈을 사람이 아닌 미물에게서 배웠으며, 그가 어려운 일에 부딪힐 때마다 이겨낼 수 있는 힘이 되었다고 합니다.

그가 청년 시절, 인천 부두에서 막노동을 할 때의 일입니다. 당시 그는 한 푼이라도 절약하기 위해 방을 얻지 않고 노동자 합숙소에서 잠을 잤습니다.

합숙소의 낡은 벽 틈에는 빈대가 들끓었는데, 고된 노동으로 몹시 피곤했던 그는 빈대가 계속 무는 바람에 잠을 설치기 일쑤였습니다. 밤새도록 잡고 또 잡았지만, 그 많은 빈대를 감당하기엔 역부족이었습니다.

그래서 그는 빈대를 피하는 방법을 궁리한 끝에 기다란 밥상 위에 올라가 잤는데, 빈대는 끈질기게도 밥상 다리를 타고 기어 올라와 여전히 그를 괴롭혔습니다.

그때 그는 기발한 생각이 떠올랐습니다. 그는 양재기 네 개를 가져와 상다리에 하나씩 받쳐 놓고 거기에 물을 부었습니다. 아무리 악착같은 빈대라 해도 양재기를 타고 오르다가 물에 빠져 더 이상은 올라오지 못할 것이라고 생각했기 때문입니다.

'이제는 안심이다. 물에 빠져 죽고 싶거든 기어 올라와봐라.'

그런데, 편안한 잠을 하루 이틀쯤 잤는가 싶더니 또 다시 빈대의 습격을 받아야 했습니다.

'도대체 이놈의 빈대들이 어떻게 상 위에 올라 왔을까?'

불을 켜고 자세히 살펴보다가 그만 아연실색 할 수밖에 없었습니다. 밥상 다리를 타고 올라가는 게 불가능해진 빈대들이 작전을 바꾸어 이번에는 벽을 타고 까맣게 천장으로 올라가고 있었습니다. 그리고는 천장에서 사람 몸을 향해 공중낙하를 시도하고 있는 게 아닙니까. 참으로 소름끼치는 놀라움이 아닐 수 없었습니다.

그 순간 그는 무릎을 탁 쳤습니다. '빈대들도 목적을 위해서는 저토록 머리를 쓰고 저토록 전심전력으로 노력하여 뜻을 이루고 있지 않은가. 하물며 인간인 내가 빈대만도 못해서야 되겠는가. 빈대한테서도 배울 건 배우자. 인간도 무슨 일이든 절대 포기하지 않고 죽을힘을 다하여 노력한다면 이루지 못할 것이 없다. 나도 열심히 노력해서 꿈을 꼭

이루고 말리라.'

성공과 승리는 집념의 산물입니다. 빈대들도 목적을 위해서는 저토록 머리를 쓰고 죽을힘을 다해 뜻을 이루고 있거늘, 하물며 인간으로 태어나서 미물보다 못해서야 되겠습니까. 우리도 무슨 일이든 중도 포기하지 않고 최선을 다한다면 이루지 못할 일은 없을 것입니다.

정주영 회장은 지독한 집념의 사나이였습니다. 집념이 그를 위대한 기업가로 만들었습니다. 그의 성공과 승리는 집념의 산물입니다.

인간은 집념을 품을 때 그것을 성취하기 위한 온갖 노력을 시도합니다. 칠전팔기의 의지력을 가지고 목표에 수없이 도전하며, 실패하면 다시 도전합니다. 결코 실패를 두려워하지 않습니다. 그는 기어코 뜻을 이루겠다는 집념으로 일관하였습니다. 절대로 중도에 포기하지 않았습니다. 그 무서운 집념이 그를 한국 역사상 가장 위대한 기업가로 키워낸 것입니다.

위대한 인물들의 공통되는 점은 불우한 환경을 탓하지 않았고, 아무리 어려운 역경에 빠져도 좌절하지 않았으며, 남들이 다 포기했을 때에도 포기하지 않고 착실히 노력해 나간다는 것입니다. 우리가 뜻을 이루고자 한다면, 고난 속에서 더욱 용감하였고, 역경 속에서 성장하였고, 시련 속에서 더욱 늠름하였던 정주영에게서 그 비결을 배워야 하겠습니다.

26

열정적으로 추구하는 사람이 성공한다

- 성패를 결정짓는 요소 -

　스탠포드 대학의 심리학 교수인 로이스 B 테르만은 이른바 천재로 불리는 어린이들 1470명을 선택하여 그들의 성장과정을 추적하기로 했습니다. 그의 조사는 1921년에 시작되었으며, 사람의 평생을 조사하는 연구의 원조가 되었습니다. 테르만 교수가 은퇴한 후에는 그 뒤를 이어 로버트 박사와 폴런시어즈 박사가 조사를 계속 했습니다.

　그 연구 결과 속에는 이런 사실도 밝혀졌습니다. 그것은 '놀라운 재능을 가진 사람이 꼭 성공하는 것은 아니다'라는 사실입니다. 천재들의 성공과 실패를 결정짓는 요소는 신중한 선택과 노력 그리고 열정이었습니다. 자기가 가진 재능을 신중하게 선택하여 그것을 끈기 있게 그리고 열정적으로 추구한 사람이 성공한다는 것입니다. 세계최고의 통속 소설가로 인정받고 있는 시드니 셸던은 열 살 때 어린이 잡지에

시를 투고하여 돈을 받았을 만큼 글재주가 뛰어났지만, 셸던은 자만하지 않고 매일 50쪽씩 하루도 빠지지 않고 글을 썼다고 합니다. 셸던처럼 천부적인 글재주를 가진 사람도 재능만으로 성공한 것은 아닙니다.

성공한 사람들을 보고 흔히 억세게 재수 좋은 사람들이라고 부러워합니다. 이것은 물론 실력만 가지고 성공하는 것이 아니라 행운도 뒤딸아 와야 한다는 뜻이 포함된 것이지요. 하지만 결코 행운이 성공을 가져다주는 것은 아닙니다. 성공한 사람들은 자신들의 능력과 동시에 노력과 열정이 있었기에 이루어진 것임을 잊어서는 안 될 것입니다.

영국에 전설적인 만능 스포츠맨으로 디드릭스 자하리아스라는 여성이 있었습니다. 그녀는 만능선수라는 별명에 걸맞게 승마, 농구, 야구 등에 탁월한 실력을 보여 주었습니다. 1932년 로스앤젤레스 올림픽에서 8백 미터 장애물 경기와 투창에서 금메달을 차지했고, 높이뛰기에서는 은메달을 차지했습니다.

올림픽이 끝나자 그녀는 골프를 하겠다고 선언했습니다. 그녀의 천부적인 자질을 믿고 있는 많은 사람들의 기대에 어긋나지 않게 두 번씩이나 연거푸 여성골프 선수권 대회에서 우승을 차지했습니다. 이쯤 되면 역시 천재는 타고난다는 말이 맞고, 운도 계속 따라주는 사람이 성공한다는 얘기도 맞는지 모릅니다. 그러나 그녀 본인에게는 이런 말들이 하나도 맞는 얘기가 아니었습니다. 그녀는 처음 골프채를 잡자 우수한 코치를 초빙했고 하루에 12시간씩 천여 개의 공을 때려내는 맹훈련을 거듭했습니다. 강철 같은 그녀였지만, 그녀의 손은 부르텄고 마침내는 붕대를 감고 쳐야 할 만큼 지치기도 하였습니다. 이러한 눈물

겨운 노력과 열정이 있었기에 그녀는 골프대회에서 우승을 차지할 수 있었던 것입니다.

그리고 보면 셸던이나 지하리아스처럼 천부적인 재주를 가진 천재 같은 사람들도 재능만으로는 성공할 수 없었다는 것을 알 수가 있습니다. 결국 일의 성패를 결정짓는 것은 열정입니다. 아무리 노력을 한다 해도 열정 없이는 성과를 올릴 수가 없기 때문입니다. 열정을 가지고 일에 전념한다는 것은 그 일에 모든 정신을 쏟는다는 뜻입니다. 열정을 가지고 일을 할 때에는 일이 원활하게 될 뿐만 아니라 일의 진도가 빠를 것입니다. 그리고 그렇게 지루하던 시간이 이제는 시간의 흐름이 아쉬울 정도로 아까울 것입니다.

성공한 사람들은 재능을 타고난 사람들이라고 부러워합니다. 그러나 결코 재능이 성공을 가져다주는 것은 아닙니다. 성공한 사람들은 자신들의 능력에다가 땀이라는 노력과 최선을 다하는 열정이 있었기에 이루어진 것임을 알아야 합니다. 무엇보다도 일에 대한 열정이 없으면 그 일은 절대로 성취되지 않습니다. 일의 성패를 결정짓는 것은 곧 열정입니다. 열정은 곧 힘입니다. 열정을 가지고 최선을 다하는 자가 성공할 수 있습니다.

27

목표가 나를 위해 일한다

- 목표 설정의 위력 -

　버락 오바마가 어린 시절 인도네시아의 자카르타의 한 초등학교에 다니던 때의 이야기입니다. 3학년 때 작문시간에 선생님은 아이들에게 각자 자신의 꿈에 대하여 발표하도록 했습니다. 아이들은 대부분 사업가, 의사, 과학자, 기술자, 선생님 등 각자가 되고 싶은 자기의 꿈을 발표했는데, 유독 오바마는 달랐습니다. 그는 당당하게 '제 꿈은 대통령이 되는 것입니다' 라고 밝혔던 것입니다. 대통령이 되어 약한 사람과 강한사람, 가난한 사람과 부유한 사람 그리고 피부색에 상관없이 모두가 어울려 행복하게 살아가는 세상을 만들고 싶다고 말했습니다. 오바마의 발표가 끝나자 교실 안은 한 순간 침묵에 휩싸였고 잠시 후 아이들은 키득키득 웃기 시작했습니다.

　"흑인 주제에 어떻게 미국의 대통령이 된다는 거야?"

아이들은 오바마는 좀 이상한 애라며 수군거렸지만, 그는 주눅 들지 않았습니다. 오바마의 머릿속은 꼭 대통령이 되겠다는 생각으로 가득했습니다.

그는 틈틈이 독일 철학자 니체와 평화주의자 간디 그리고 불평등에 관한 책을 많이 읽었고, 또 자기분야에서 성공한 사람들이 쓴 책을 수 없이 읽었습니다. 밤늦게 까지 책을 펼쳐 놓고 공부하는 그를 보며 친구들은 '공부벌레'라며 놀리곤 했습니다. 그 당시 그와 가까이 지냈던 사람들은 그가 대부분의 시간을 도서관에서 보냈다고 회상했습니다. 그는 열심히 공부한 결과 명문 프린스턴대학과 하버드대학 로스쿨을 졸업할 수 있었습니다. 그 후 정치가에 입문하기 위해 공동체 조직가를 거쳐 일리노이 주 상원의원과 연방 상원의원에 당선되었습니다. 그리고 마침내 미국의 첫 흑인 대통령이 될 수 있었습니다.

비록 나이 어린 오바마였지만 그에게는 대통령이 되겠다는 큰 야망과 자기 확신이 서 있었기에 당당히 자기가 진정으로 원하고 바라는 목표를 글로 쓰고 사람 앞에서 발표하고 또 다짐하고 행동으로 옮겼습니다. 그 배짱과 씩씩한 기상이 마침내 뜻을 이루어 미국의 대통령에 되게 하였을 것입니다. 오바마는 일찍 자기의 목표를 설정했습니다. 목표는 사람으로 하여금 그의 정력과 노력을 한 푯대에 집중하도록 합니다. 더구나 그 목표를 글로 써서 마음에 다짐한 사람은 목표설정을 확실하게 한 것이기 때문에 그것 자체가 적극적인 행동을 촉구하는 구실을 하게 됩니다. 게다가 많은 사람들 앞에서 발표까지 한 목표는 그 목표 안에 그 사람의 열정과 자신감과 성공의 씨앗을 이미 내포하고 있기 때문에 그러한 목표가 그 사람으로 하여금 성공으로 이끌고 그 사람이 원하는 성공으로 성큼 다가갈 수 있다는 강력한 희망을 품게 합니다. 말하자면 '내가 목표를 향해 일하고 목표가 나를 위해 일한다.'는 것입니다.

〈무한한 힘, 나는 성공 한다〉는 책을 지은 앤터니 로빈스는 '자기의 꿈을 명확하게 그려라, 그러면 정열, 집중력이 전혀 달라진다.' 고 했습니다. 자기의 꿈이 명확하게 설정되어 있으면 거기에 모든 힘이 집중된다는 것입니다.

우리는 자기가 이루고 싶은 꿈을 명확하게 그려야 합니다. 무엇보다도 자기의 적성과 장점 그리고 잘 할 수 있는 일이 무엇인가를 바로 알고 거기에 맞는 뚜렷한 구체적인 목표와 그것을 실현하기 위한 계획을 세워야 합니다. 그렇게 뇌리에 새겨진 목표는 모든 생각과 행동을 모두 그 목표의 실현에 집중하게 됨으로써 결국엔 꿈이 현실로 실현되는 것입니다.

28

독서가 출세의 발판이 되었다

- 자기주도 학습의 효과 -

작년 연초에 매일경제신문에 자랑스러운 대한의 딸을 소개하는 반가운 기사가 사람들의 눈길을 끌었습니다. 전 세계 대학에 평가 1위인 미국의 하버드 대학교 법대에서 아시아 여성으로는 처음으로 그것도 37세라는 30대에 종신교수로 임명된 석지영 박사의 이야기였습니다. 그는 법학 중에서도 특별히 범죄, 가족법에 관한 저서와 논문을 높이 평가받았고, 저작권분야에서 패션디자이너의 지적재산권 보호와 관련된 연구에서도 성과를 올렸는데, 이는 그가 개척한 독특한 분야라고 합니다.

그는 오늘의 성공은 '어머니와 책의 힘'이었다고 말하면서 영어 한마디도 못했던 자신이 오늘날 이 자리에 서게 된 것은 책을 통해 내 갈길을 스스로 깨닫게 한 엄마의 힘이었다고 밝혔습니다.

우리나라 많은 엄마들이 학원이나 과외선생님께 자녀를 맡겨 지도한 것과는 정 반대로 석교수의 어머니는 지도하는 교육철학이 남과는 달라 좋은 책을 자유롭게 선택하여 많이 읽게 함으로써, 스스로 갈 길을 찾도록 지도한 것입니다. 말하자면 자기주도 학습 방법으로 자신의 딸을 큰 인물로 키워냈던 것입니다. 참으로 자랑스러운 그 어머니에 슬기로운 그 딸이라는 생각이 듭니다. 그 어머니는 좋은 책을 자유롭게 선택하여 많이 읽도록 지도 하였고, 그 딸은 독서를 통해 풍부한 지식과 지혜를 갖추어 출세의 발판으로 삼았으니 말입니다.

생각하건데 석지영 박사는 젊은 나이에 세계최고의 대학에서 종신교수로 임명된 배경에는 독서라는 힘이 크게 작용하였을 것으로 여겨집니다. 독서가 평범한 사람을 명석한 두뇌로 만들어 입체적인 사고력을 길러주고 꿈꾸는 미래를 설계하게 하였을 것입니다.

존 스튜어트 밀, 에디슨, 윈스턴처칠, 아인슈타인, 힐러리 클린턴등도 모두 둔재로 태어났지만, 독서교육으로 천재로 변화 될 수 있었습니다. 이와 같이 위인들 가운데에는 철학 고전을 비롯한 다양한 독서를 통해 둔재에서 천재로 거듭난 사람들이 많습니다. 그들의 성장하는 과정과 비전을 실현시키는 과정에서 독서는 분명히 크게 기여했다는 것을 확신 할 수 있습니다. 공부를 더 잘할 수 있는 입체적 사고력을 기르고, 풍부한 지식과 지혜를 갖추는데 철학고전을 읽는 것만큼 도움이 되는 것은 없습니다.

책은 사람을 만든다고 했습니다. 책 속에는 무한한 팀이 있기 때문입니다. 우리도 석지영 박사처럼 독서를 통해서 꿈꾸는 미래를 설계해

보지 않겠습니까?

2011년 1월 한인의 날에 '자랑스러운 한인 상'까지 받은 그녀는 앞으로의 목표에 대해 '최고의 학자, 최고의 교수가 되고 싶다'며 미래에 영향력을 끼칠 학생들을 책임 있게 가르치는 것이 내가 할 일 이라고 당찬 포부를 피력했습니다. 참으로 자랑스러운 대한의 딸이 아닐 수 없습니다.

독서는 정신적 양식입니다. 인체의 건전한 성숙이 물질적 영양에서 나오는 것처럼 정신의 성숙은 오직 독서에서 나옵니다. 독서는 정신적으로 우리의 눈을 뜨게 하고, 우리의 심령에 감동을 느끼게 하고 우리의 인격을 풍성하게 만들어 줍니다. 독서를 통하여 우리는 삶의 지혜를 터득하고, 인생의 본질을 깨닫게 되고 인생의 참다운 도리를 배우게 됩니다. 독서는 우리의 정신을 밝고 맑게 함으로써 정신적으로 성장하도록 도와주고 있는 것입니다. 책을 읽어야 할 대전제가 여기에 있고, 독서를 권장하는 이유 또한 여기에 있습니다.

29

융통성과 조직관리가 성공의 필수요소이다
- 성공필수요소의 변천 -

공항에 일찍 도착한 슈웨이크는 시간을 보내기 위해 신문을 읽고 있었는데, 어떤 중년 남자가 옆자리에 앉더니 그의 명함이 붙은 가방 인식표를 가르키며 말을 걸어왔습니다.

"큰 법률회사에 근무하시나 봐요, 변호사가 수 백 명 거느린 큰 회사 아닙니까? 내 고등학교 동창도 그 회사에 다닌다고 하더군요, 그 녀석이 당신 같은 사람들 하고 일 한다는 말을 듣고 얼마나 놀랐는지 모릅니다. 그 녀석 고등하교 다닐 때 여간 멍청한 게 아니었거든요, 아마 당신은 그 녀석 이름도 못 들어 봤을 거예요."

"이름이 뭔데요?" 나는 호기심이 발동해 남자에게 물었습니다.

"월터 멧칼프라고 합니다." 그는 미소를 지으며 말했습니다.

"솔직히 말씀드리자면 그 분은 우리 회사 회장님입니다."

"말도 안 돼! 월터가 회장이라고요? 세상에!"

"사실입니다."

남자는 고개를 절레절레 내 저으며 못 믿겠다는 듯 중얼 거렸습니다.

"설마, 그럴 리가요!"

그날 슈웨이크가 만난 그 남자가 멍청한 친구라고 불렀던 사람은 지금 미국에서 제일 큰 법률회사의 회장입니다. 뿐만 아니라 〈미국법류저널〉지에서 '미국에서 가장 영향력 있는 변호사 100인' 중의 한 사람으로 선정된 유명 인사입니다. 도대체 평범했던 그 친구는 어떻게 변할 수 있었던 것일까? 그는 월터처럼 과거엔 별 볼일 없었지만, 사회에 나와 놀랄 만큼 성공한 사람들에 관심을 갖게 된 것을 계기로, 성공한 저명인사 100명을 인터뷰하여 〈평범했던 그 친구는 어떻게 성공 했을까〉라는 책을 펴냈습니다. 그는 폭 넓은 분야에서 성공한 사람들과 인터뷰하고, 거기에 개인적인 조사결과를 더한 끝에 최고의 성공을 거둔 사람들의 비결을 찾아냈다고 했습니다.

그런데 그가 찾아낸 실제 성공요소는 우리가 생각하고 있는 상식과는 많이 달랐습니다. 예를 들어 지금까지 성공의 필수요소로 알려졌던 인생목표나 인맥, 카리스마 등은 오히려 성공을 방해하는 것으로 나타났습니다. 이들 성공한 인물 중 95%가 구체적인 목표를 세우지 않았다고 응답했고, 인맥과 학맥을 필수요소로 꼽는 사람도 25%에 불과 했습니다. 대신 융통성(96%), 외모(100%) 그리고 경력과 조직 관리를 성공의 필수요소라고 답했습니다. 다분히 역설적이고 아이러니 컬 하긴 하지만, 한번쯤 생각해 보아야 할 문제가 아닐 수 없습니다. 하긴 시대 상황이 변했으니 성공의 필수요소 또한 바뀌지 않을 수 없는 일이겠 지요.

그러나 바뀌지 않은 것도 있습니다. 그것은 '즐길 수 있는 일을 직업으로 선택해야 성공 한다'는 것입니다. 성공한 사람들 모두가 지금 하는 일을 후회한 적이 없다는 응답이고 보면 적성에 맞는 직업이야 말로 성공의 필 수요소가 아닐 수 없습니다. 한 가지 덧 붙여야 할 말은 열정적으로 즐기 며 하는 일 못지않게 중요한 것은 자기가 잘 할 수 있는 일을 선택해야 한 다는 것입니다. 이것이야 말로 최고의 자리에 오를 수 있는 유일한 성공필 수요소입니다.

30

포기하지 말라, 절대로 포기하지 말라

- 처칠경의 명연설 -

강력한 지도력을 발휘하여 세계 제2차 대전을 승리로 이끈 영국의 처칠 수상은 어느 해 명문 옥스퍼드 대학에서 졸업생을 격려하기 위해 축사를 하게 되었습니다.

그는 위엄 있는 차림으로 시가를 물고 식장에 나타났습니다. 처칠은 열광적인 환영을 받으며 천천히 모자와 담배를 연단에 내려놓았습니다. 청중들은 모두 숨을 죽이고 그의 입에서 나올 근사한 축사를 기대했습니다.

드디어 그가 입을 열었습니다. "포기하지 말라!"(Never Give Up!) 그는 힘 있는 목소리로 첫마디를 뗐습니다. 그리고는 다시 청중을 천천히 둘러보았습니다. 청중들은 그의 다음 말을 기다렸습니다. 그가 다시 한 번 큰 소리로 이렇게 외쳤습니다.

"절대로, 절대로 포기하지 말라!"(Never, Never, Never, Never, Never, Never, Never Give Up!) 그의 일곱 번의 'Never Give Up!' 그것이 축사의 전부였습니다. 아마도 세계에서 가장 짧은 명연설로 기억될 것입니다. 청중은 이 연설에 우레와 같은 박수를 보냈습니다. 사실 그 박수는 그의 명연설에 보낸 박수라기보다는 그의 포기를 모르는 인생에 보낸 박수였습니다. 포기를 모르는 인생이라니 과연 처칠의 인생역정은 어떠했을까요?

윈스턴 처칠(sir winston churchill: 1874~1965)경은 팔삭둥이 조산아로 태어난 말더듬이 학습장애인으로, 학교에서는 꼴지를 하여 초등학교 생활기록부에는 '희망이 없는 아이'로 기록되었습니다. 중학교 때에는 영어에서 낙제 점수를 받아 3년이나 유급을 했습니다. 결국 캠브리지 대학이나 옥스퍼드 대학에는 입학 할 수가 없어 육군사관학교에 입학했습니다. 사관학교도 두 차례나 낙방했다가 들어갔습니다.

정치인으로 입문하는 첫 선거에서도 낙선하고, 기자 생활을 하다가 다시 도전하여 당선되었습니다. 노동당에서 21년간의 의정 생활을 하는 동안 사회 개혁을 주도 했던 그는 성취보다는 실패와 패배가 더 많아 당적을 보수당으로 바꾸어 출마 했으나 역시 첫 선거에서 낙선되었습니다.

이렇듯 그는 졸업 연설대로 역경과 실패 속에서도 결코 좌절하거나 포기하지 않고 다시 도전함으로써 세계가 존경하는 위대한 인물로 추앙받게 되었습니다. 처칠경이 위대한 인물로 추앙받는 가장 큰 이유는 어떠한 어려움이 있어도 결코 좌절하거나 포기하지 않고 끝까지 자기의 뜻을 관철했다는 사실입니다. 처칠경의 가장 큰 위기는 제2차 세계대전 때였습니다. 당시 수상이었던 그는 독일군의 기습공격으로 누란의 위기에 빠졌을 때 의회에 나가 '국기를 내리고 항복하는 일은 절대 없을 것입니다. 결코 항복하지 않을 것입니다.'며 결연한 의지를 보이며 철두철미한 항쟁을 촉구해 마침내 전세를 역전시켜 결국 대전을 승리로 이끌었습니다. 만약 그 때 프랑스처럼 독일에 항복했었더라면 그 치욕은 말할 것도 없고 그는 가장 무능한 정치가로 평가되어 보잘 것 없는 인물로 머물렀는지도 모릅니다. 그는 두 차례나 총리직을 수행하면서 2차 대전을 승리로 이끈 영웅이 되고, 문필에도 뛰어나 노벨문학상 수상자도 되고, 위대한 업적을 남긴 정치인도 될 수 있었습니다.

포기할 줄을 모르는 인생! 처칠이야 말로 칠전팔기의 오뚝이 같은 집념의 사나이였습니다.

위대한 인물들의 공통점은 불우한 환경을 탓하지 않고 아무리 어려운 역경에도 좌절하지 않았으며 남들이 다 포기 할 때에도 포기하지 않고 다시 도전함으로써 차근차근 자신의 뜻을 이루기 위해 착실하게 노력해 나간다는 사실입니다.

31

끈기 있는 자만이 일을 성취한다

- 363통의 취직원서 -

미국 펜실베니아주 동부의 작은 농촌에 사는 월터 하터는 고등학교를 졸업한 평범한 청년이 었습니다. 그는 자기가 사는 지역뿐만 아니라, 다른 지역에서도 좀처럼 일자리를 찾을 수가 없었습니다. 생각타 못한 그는 도시에서 일자리를 찾아보기로 하였습니다. 뉴욕에 있는 여러 회사를 조사하고 나서 그는 유명한 체인스토어에 취직하기로 마음을 정하고 구체적인 목표를 세웠습니다. 우선 체인스토어를 파악하기 위해 전화번호부를 살펴보았더니 체인점이 무려 393개가 있었습니다. 그 많은 체인점에서 한 군데에는 틀림없이 일자리가 있을 것이라고 생각하고 그는 각 점포의 주소를 기록했습니다. 그리고는 하루에 15통씩 매일 같이 모든 점포의 지배인에게 '어떤 일이라도 좋으니 고용해 주기를 부탁 합니다'는 내용의 자필로 쓴 편지를 보냈습니다. 경력이나 학력, 배경이 없는 젊은이에게 그것은 터무니없는 시도였는지도 모릅니다.

아니나 다를 가 아무 곳에서도 답장을 보내주지 않았습니다. 단 한 통의 응답도 없었지만 그는 체념하지 않았습니다. 그에게는 열심히 구하면 반드시 성과가 있으리라는 확신이 있었습니다. 심사숙고 끝에 그는 체인스토아를 직접 찾아가 보기로 결심했습니다. 그는 뉴욕의 맨해튼에 도착하여 체인점의 대형 점포를 찾아내고 지배인과의 면담을 청했습니다. 그러나 체인점의 지배인은 이렇게 말해 주는 것이었습니다.

"그런 편지를 받았다고 하더라도 여기에는 채용권한이 없으니까 본사 인사과에 가보세요!"

월터는 본사를 찾아갔습니다. 안내원의 안내를 받아 들어간 곳은 예상보다 굉장히 큰 사무실이었습니다. 그는 가장 커다란 책상 앞에 위엄 있는 얼굴을 하고 있는 사람 앞으로 안내 되었습니다. 그 사람은 모든 권한을 갖고 있는 것처럼 보였습니다. 그 사람은 월터를 뚫어지게 쳐다보다가, 이윽고 책상위에 여러 뭉치의 편지 다발을 올려놓으면서 미소를 띠우며 말했습니다.

"당신이 보낸 취직원서야, 모두 363통이더군, 언젠가는 여기를 찾아올 줄 알았지, 자네에게는 사무적인 일을 맡기고 싶은데, 오후부터라도 시작할 수 있겠나?"

그는 그 후 인내력과 치밀성일 인정받아 훗날 지배인으로 승진하게 되었습니다.

이 이야기는 '끈기만 있으면 어떠한 어려움이 있어도 일을 성취할 수 있다'는 교훈을 줍니다. 그러면서 '백번 찍어 안 넘어가는 나무 없다', '정성이 지극하면 돌 위에도 풀이난다'는 우리 속담을 떠 올리게 합니다. 하루 15통씩 자그마치 363개 점포 지배인에게 편지를 보냈는데도 아무런 응답이 없었다면 보통사람 같으면 일찌감치 단념하고 포기했을 것입니다. 하지만 그는 달랐습니다. 그는 꼭 이루고야 말겠다는 굳은 의지와 끈질긴 집념으로, 그것을 성취하기 위한 온갖 노력을 시도하여 마침내 뜻을 이룰 수 있었습니다.

인간은 집념을 품을 때 그것을 성취하기 위한 온갖 노력을 시도 합니다. 목표에 수없이 도전하고 실패하면 다시 일어서고 끝까지 물고 늘어지는 것은 강한 집념이 있기 때문입니다. 이 집념이 끈질기게 일을 추구해 나가는 끈기 있는 사람을 만들고, 또 목적한 바를 성취하게 합니다.

끈기는 곧 참고 견디는 인내력이요, 끈질기게 버티는 지구력이요, 끝까지 관철하는 의지력입니다. 누군가 끈기는 사업을 받쳐주는 일종의 자본이라고 말했다지만, 끈기야 말로 사업을 성취하는 성공의 비결이요 승리의 원동력입니다. 집념이 강하면 그것을 성취하는 끈질긴 힘도 주어지는 것입니다.

32

일은 당신들이 하고 나는 책임만 지겠다

- 지도자의 자질 -

일본에 다니까 고이치(田中耕一)라는 수상이 있었습니다. 그는 겨우 초등학교 밖에 못나왔지만, 꽤나 유명한 정치가입니다.

우리나라와 마찬가지로 학력을 중시하는 일본사회에서 그런 사람이 어떻게 수상 자리까지 올라가게 되었는지 알다가도 모를 일입니다. 그런데 다니까에게는 학력 대신 그 나름의 독특한 철학이 있었습니다. 그가 대장성(재무부)장관으로 취임할 때만 해도 사람들이 문외한인 다니까가 얼마 못 견뎌 낼 것이라고 생각하고 있었습니다.

대장성이라면 일본의 일류대학인 도쿄대학을 나온 수재들이 총집결해 있는 엘리트 관료집단의 본산이었기 때문입니다. 사실 대장성 직원들은 초등학교 밖에 못 나온 사람을 장관으로 임명한 데 대하여 노골적으로 불만을 품고 있었습니다. 그런데 다니까는 말 한마디로 그 모든 우려와 불만을 일소해 버리고 말았습니다. 일분도 채 안 걸린 취임사에서 다니까는 이렇게 말했던 것입니다.

"여러분은 천하가 다 알아주는 수재들이고 나는 초등학교 밖에 못 나온 사람입니다. 더구나 대장성 일에 대해서는 깜깜합니다. 따라서 대장성일은 여러분들이 하십시오. 나는 책임만 지겠습니다."

다니까의 장담이 아니더라도 사실 일본의 장관들은 정책만 광장할 뿐, 인사문제라든가 전문 행정 분야에는 거의 관여하지 않았습니다. 문자 그대로 책임만 지는 것입니다. 그것은 일본 정부의 오랜 정통입니다.

프랑스관리 역시 일본 못지않은 엘리트 의식을 자랑하고 있습니다. 지금은 대통령제로 바뀌었지만, 내각책임제로 되어 있었던 제3공화국 시절에는 일 년에도 서너 번 씩이나 내각이 바뀌긴 했지만, 프랑스의 행정이 바뀌지 않는 이유는, 바로 그와 같은 관리들의 신분보장과 엘리트의식 때문이었던 것입니다.

어떤 사람이 자기가 하는 일에 책임을 진다는 것은 참으로 중요한 일입니다. 그것이 공직자라면 더더욱 그렇습니다. 책임을 지겠다는 각오가 없는 사람이면 그것은 요즘 흔한 말로 무사안일 주의자입니다. 윗사람의 눈치나 보고 비위나 맞추려는 사람이 창의력을 발휘할리도 없고 하는 일이 신통할 일도 없습니다. 그러나 책임을 진다는 것은 공직자에게만 해당되는 일이 아닙니다. 모든 사람들이 자기가 맡은 일, 자신의 인생에 대해서 책임을 져야 합니다. 인간은 누구나 3대 책임을 갖습니다. 첫째는 가정에 대한 책임, 둘째는 직장에 대한 책임, 셋째는 국가에 대한 책임입니다. 가정과 직장과 국가는 인간의 가장 중요한 생활 무대이자 존재의 기반입니다. 우리는 저마다 가정인 으로서의 책임과, 직장인으로서의 책임과 국민으로서의 책임을 다해야 합니다. 우리는 책임감이 투철한 인간이 되어야 합니다. 그것이 참된 책임지는 삶의 길입니다.

책임은 내가 맡아서 해야 할 일이자, 내가 맡은 임무입니다. 산다는 것은 자기에게 맡겨진 임무를 수행하는 것입니다. 아무 할 일도 없는 사람은 사람으로서의 존재가치, 존재이유가 없습니다. 세상에 자기가 맡은 일처럼 중요한 것이 없고, 자기가 맡은 책임을 성실하게 수행하는 것처럼 훌륭한 일이 없습니다.

33

우리도 숭배할 지도자를 만들자

- 공칠과삼의 정신 -

'흰 고양이든 검은 고양이든 쥐만 잘 잡으면 좋은 고양이' 라고 한 말로 유명해진 정치가가 있습니다. 바로 중국의 작은 거인 등소평(邓小平)입니다.

중국이 경제적으로 어려움을 겪고 있을 때 '공산주의가 밥 먹여주는 것이 아니고, 중국경제를 현대화해야 잘 살 수 있다' 는 주장을 펴면서 자기를 따르는 세력들에게 들려준 격려의 말이었습니다.

이것이 빌미가 되어 당시의 중국공산당 최고 지도자였던 모택동이 문화혁명을 주장하면서 홍위병을 동원해 등소평 추종세력을 숙청 시키거나 실각시켜 공산주의 사상 즉 모택동 사상을 통해 이데올로기 통치를 계속해서 암흑세계를 연출 했습니다.

그러나 모택동 사망 후 실세로 등장한 등소평의 위대함은 빛을 발하기 시작했습니다. 등소평이 실권을 장악했지만, 그는 최고의 자리에 취임하지 않고 언제나 후견인석에 앉아 젊은 세대에게 '신임적위임'의 방식으로 중국의 현대화를 착실히 이룩해왔다는 사실입니다.

자기가 당연히 앉아야 할 최고 지도자 자리인 국가주석의 당 총서기장 자리를 마다하고 조자양, 호요방 등을 앉혔으며, 이들의 능력이 미흡하자 후임으로 강택민을 최고의 자리에 앉히고, 자기는 군사위원회 수석자리만 차지하고 후견으로 남아 중국의 개혁개방을 착실히 진행시켜 경제발전의 발판을 세우는데 크게 기여했던 것입니다. 그렇다고 자기의 후진세력에게 '지시적 위임' 즉 이것을 이렇게 하라, 저것을 저렇게 하라, 끝나면 보고하라는 식으로 일일이 지시하지 않고, 일을 맡긴 이상 전폭적으로 신임하는 '신임적 위임'을 통하여 최종 결과를 인민의 신판을 받도록 하는 매우 통이 큰 지도자의 모습을 보여 주었습니다.

키가 겨우 160센치 정도 밖에 안 되는 등소평이 중국의 백년대계를 눈앞에 그리며 스스로의 욕심을 자제한 채 나이 젊은 후진들에게 과감한 권력이양과 권력위임을 하고, 그들을 인내심 있게 믿어주고 격려해 준 등소평의 정치적 지도력은 가히 20세기 아시아 최고 지도자로 평해도 손색이 없을 것입니다. 등소평의 또 하나의 위대한 점은 공칠과삼(功七過三)의 문화를 세웠다는 점입니다. 모택동이 사망 후 실권을 장악한 그는 정적인 모택동을 격하시키고 그의 추종세력을 숙청하는 것이 아니라 오히려 모택동의 행적을 평가하면서, 그의 공적이 일곱가지 과실이 세 가지가 있는데 공이 과보다 크기 때문에 모택동을 중국 근대사의 최고 지도자로 받아들여야 한다고 주장한 것입니다.

이는 인간만사에는 공(功)과 과(過), 득(得)과 실(失), 미(美)와 추(醜)의 상반된 면이 공존한다는 만물의 진리를 일깨워 주며 관용의 정치를 펴나갔습니다. 이런 인식을 바탕으로 중국의 통치 체제는 안정되고 사회와 경제가 그 바탕으로 흔들림 없이 발전하고 있는 것을 우리는 타산지석으로 삼아야 하겠습니다.

우리 사회도 지금이야 말로 공칠과삼의 정신과 이에 바탕한 정책선택이 필요합니다. 극한 투쟁으로 점철된 한국의 정치도 이제 조금 더 성숙한 관용과 배려로 한층 차원 높은 대도(大道)를 걸어가는 모습을 보여 줄 때가 되었습니다.

대통령도 다 인간이기에 과오도 있을 수 있습니다. 그런데 우리는 과오만 부각시켜 폄훼하고 파괴하고 있습니다. 그래서 얻는 것이 무엇입니까? 우리도 선진국처럼 숭배할 지도자를 만들어야 합니다. 그들의 행적에 걸맞는 이름을 붙여 건국대통령, 경제대통령, 민주대통령 등으로 부르고 기념관도 세우고 동상도 세워서 국민 모두가 받드는 인물로 부각시키면 나라의 안녕과 번영 그리고 민족적 긍지를 높이는 데에 큰 힘이 되지 않겠습니까?

34

성취욕구가 국운을 가름한다

- 세계를 이끌 4개 나라 -

〈Foreign Policy〉(외교정책)이라는 외교관계 전문지가 있습니다. 외교관이나 외교에 관심있는 독자들을 상대로 만드는 이 잡지의 최근호에 2050년경 세계를 이끌 4개 나라를 선정하여 실었습니다. 4개 나라의 국명의 앞 글자를 따서 GUTS(Gemany, USA, Turkey, South Korea)라고 불렀는데, 여기에 우리나라가 속해있다니 놀랍고도 반가운 일이 아닐 수 없습니다. 인터넷 사이트에 실린 단편적인 보도에 접하여 누가 어떤 경위로 계제 되었는지는 알 수 없으나, 세계적인 외교관계 전문지에 실렸다니 상당한 근거가 있을 것이라고 생각됩니다. 어쨌거나 세계에서 인정받는 잡지에서 우리나라의 미래를 이렇게 밝게 보아주니 고무적인 일입니다. 지금 우리나라는 국운 상승기에 있습니다. 단군이래 최고로 국운이 뻗어 오르는 시기에 있습니다. 우리는 이런 기회를 잘 활용하여 선진국으로 발돋움하고 통일 한국을 이루어 내야 합니다.

우리는 잿더미에서 일어나 세계10대 경제대국의 기적을 이뤄냈습니다. 원조를 받던 나라에서 원조를 해주는 나라로 탈바꿈했습니다. 요즘 일본에서는 '한국을 배우자'는 켐페인을 벌리고 있고 미국 하버드 대학에서는 '한국의 성공을 학습하는 과목'까지 생겨났습니다. 많은 나라들이 한국을 배우기 위해 사람들을 보내고 있고, 우리나라도 후진국들에게 경제발전의 성공 노하우를 전수하고 있습니다. 이제 우리나라는 자신들도 미쳐 모르는 사이에 어느덧 선진국으로 가는 문턱에 까지 오르고 있습니다. 우리가 이렇게 발전하게 된 요인에 대해서 외국학자들은 대체로 다섯 가지를 얘기하고 있습니다. 첫째가 정치적 리더십, 둘째는 국민의 결속력, 셋째는 기업가들의 기업가 정신, 넷째가 한국인의 교육열, 다섯째가 연구개발을 통한 경쟁력 강화 등을 들고 있습니다. 외국의 학자들이 어떻게 우리를 평가하든 우리 국민들의 가슴속에는 '잘살아보겠다'는 성취욕구가 어느 때 보다 팽배해 있다는 사실을 간과해서는 안됩니다.

미국의 하버드 대학의 심리 교수인 데이비드 맥클레란드는 〈성취사회〉라는 저서에서 성취욕구가 강하냐, 약하냐, 높으냐, 낮으냐에 따라서 위대한 업적을 이루느냐 못 이루느냐가 결정된다고 말하고 있습니다. 성취욕구가 강하면 개인이나 국가는 발전하고 번영하지만, 성취욕구가 약하면 정체와 쇠퇴 속에서 허덕일 수밖에 없다는 것입니다. 다시 말하면 어느 나라든 국민들의 성취 욕구에 따라 흥망성쇠가 가름된다는 것입니다.

지금 우리 앞에 새 날이 밝아오고 있습니다. 우리 앞에 새로운 역사의 무대가 열리고 있고 새로운 시대의 기회가 다가오고 있습니다. 이제 우리는 달라져야 합니다. 국민들의 의지를 하나로 모으고 국가의 모든 자원을 한 곳으로 집결하여 세계사를 이끌어가는 주역의 자리로 나아가야 합니다. 그 일에 꼭 필요한 것은 첫 번째가 국가와 국민들을 이끄는 지도력입니다. 그런 지도력을 어떻게 기르고 어떻게 선발하여 국정을 이끌 수 잇게 하느냐가 가장 중요한 과제 입니다.

우리나라는 5·16혁명 후 새마을 운동이 일어나면서 '하면 된다.'는 신념으로 똘똘 뭉쳐 국난을 극복하고 오늘의 기적을 이루어 놓았습니다. 우리 국민은 성취욕구가 강한 민족입니다. 그 강한 성취욕구가 있었기에 쇠퇴하는 국운을 상승하는 국운으로 바꿔 놓았으며 후진국에서 선진국으로 발돋움 할 수가 있었습니다.

제 4부

교양인의 자세

교양 있는 사람은 사물에 대하여 분별 할 줄을 압니다.

남을 존중하고 배려할 줄 알며 남을 탓하거나 비판하지 않습니다.

아무리 어려워도 참고 견디며 차선의 방법을 찾습니다.

독서와 자기성찰을 통해 보다 성숙한 삶을 추구합니다.

무르익을수록 고개를 숙이는 벼이삭처럼 자기를 낮추는 겸손한 사람이야 말로

교양 있는 사람의 참 모습입니다.

남의 잘못에 관용하라

- 도량이 넓은 강감찬 -

고려의 명장 강감찬(姜邯贊, 948~1031)장군이 귀주에서 거란 군을 대파하고 돌아오자, 현종은 친히 마중을 나가 얼싸안고 환영하면서 친히 왕국으로 초청하여 여러 조정의 중신들과 더불어 주연상을 성대하게 베풀었습니다.

한창 주흥이 무르익을 무렵, 유독 강 장군만이 무엇인가 골똘히 생각하고 있는 눈치였습니다. 이때 장군은 현종의 허락을 얻어 소변을 보고 오겠다며 자리를 떴습니다. 나가면서 장군은 살며시 내시를 보고 눈짓을 했습니다. 그러자 시중을 들고 있던 내시가 그의 뒤를 따라 나섰습니다. 강 장군은 내시를 자기 곁에 불러 나지막한 목소리로 이렇게 말하는 것이었습니다. "내가 조금 전에 시장기를 느껴 밥을 먹으려고 그릇 뚜껑을 열었더니 밥은 담겨 있지 않고 빈 그릇 뿐이었네. 도대체 어찌된 일인가? 내가 짐작 컨데, 경황이 없어 너희들이 실수를 한 모양인데 이걸 어찌하면 좋은가?"

내시는 순간 얼굴이 파랗게 질려 버렸습니다. 실수를 해도 이만저 만한 실수가 아니었습니다. 오늘의 주빈이 강 장군이고 보면 그 죄책 은 도저히 면할 길이 없었습니다. 내시는 땅바닥에 꿇어 엎드려 부들 부들 떨기만 하였습니다. 이때 강 장군은 이렇게 의견을 냈습니다.

"성미가 급하신 상감께서 이 일을 아시게 되면 모두들 무사하지 못 할 테니 이렇게 하는 것이 어떨까? 실은 소변을 보는 구실을 붙여 일 부러 자리를 뜬 것이니, 내가 자리에 앉거든 자네가 내 곁으로 와서 '진지가 식은 듯하오니 다른 것으로 바꿔 드리겠습니다.' 하고 바꿔 놓는 것이 어떨까?" 내시는 너무도 고맙고 감격스러워 어찌할 줄을 몰랐습니다.

그와 같은 일이 있은 후 강 장군은 이 일에 대하여 끝까지 입을 열 지 아니했습니다. 그러나 은혜를 입은 내시는 그와 같은 사실을 동료 들에게 실토했으며, 이 이야기가 다시 현종의 귀에까지 들어가 훗날 현종은 강감찬 장군의 인간됨을 높이 치하하여 모든 사람의 귀감으로 삼았다고 합니다.

너그러운 사람은 도량(度量)이 넓은 사람입니다. 도량이란 깊은 생 각으로 사물을 잘 다룰 수 있는 너그러운 마음입니다. 남의 잘못을 꾸 짖기보다는 너그럽게 용서해 주는 마음입니다. 사람의 그릇을 크게 하 는 것은 사랑과 관용과 타인에 대한 배려입니다. 남을 이해하고 남의 입장을 헤아려 주는 사람이 큰 사람이며 너그러운 사람입니다. 관용은 항상 내 마음에 비추어 남의 마음을 이해하고 남의 입장을 헤아려 주는 강 장군과 같은 너그러운 사람이 되어야 합니다.

문호 셰익스피어는 '남의 잘못에 대하여 관용하라. 오늘 저지른 남의 잘못은 어제의 내 잘못이었던 것을 생각하라. 잘못이 없는 사람은 아무도 없다. 완전하지 못한 것이 인간이라는 점을 이해하고 너그럽게 대하라.' 고 했습니다. 그렇습니다. 우리는 언제나 남의 잘못에 대하여 너그럽게 이해하는 아량이 있어야 합니다. 누구나 언젠가는 잘못을 저지를 수 있으니까 말입니다.

36

너그러운 사람이 큰 사람이다

- 진정한 승리자 링컨 -

미국의 제16대 링컨 대통령(1809~1865)은 그의 반대자들에게 언제나 정중하고 친절하게 대해 주었습니다. 그런 모습을 보고 가까운 친구들이 어리석은 일이라고 비난하자, 링컨은 '나의 정적들을 친구로 만들면 반대자들은 자연히 소멸되는 것이 아니냐' 고 대답하면서 여전히 반대자에게 너그럽게 대해 주곤 했습니다.

우리는 흔히 반대론자에 대한 승리를, 적의 세력을 완전히 무너뜨리고 꼼짝 못하게 만드는 것으로 생각합니다. 그러나 진정한 승리는 반대자들을 감화시켜 자기편으로 만들어서 반대의 소리를 없애는 것입니다.

링컨의 반대자들 중에 스텐톤 이라는 험담가가 있었습니다. 그는 링컨을 가장 악랄하게 모욕했던 사람이었습니다. 그는 링컨을 가리켜

'저급한 고릴라의 원종'이라고까지 말했었던 인물이었습니다. 그러나 링컨은 대통령이 된 후 스텐톤을 국방장관으로 임명하고 늘 예로써 대우해 주었습니다.

그렇게 세월이 흐르자 스텐톤은 링컨이 암살당했을때, 가장 슬퍼했던 진정한 친구로 변해있었습니다. 그는 '세계역사상 가장 위대한 통치자가 잠들었다'고 말하기에 이른 것입니다.

지도자는 남을 감싸주고 용납해 주는 포용력이 있어야 합니다. 사람이 관대하면 인심을 얻고, 또 많은 사람들을 거느릴 수가 있습니다. 오늘날 우리가 살고 있는 사회는 다양성을 특색으로 하는 다원적인 사회입니다 저마다 얼굴이 다르고 목소리가 다르듯이, 각자의 개성이 다르고 사고방식이 다르고 가치관과 행동양식이 다릅니다. 이런 사람들이 모여 사는 사회에서 모두가 똑같이 생각하고 행동하기를 바라는 것은 어리석은 일이요, 또 사실상 불가능한 일입니다. 이러한 사회에서 서로 지혜롭게 살아가려면 무엇보다도 너그러운 마음으로 상대방을 이해하고 존중해 주고 포용해 주는 마음이 있어야 합니다. 세상을 살다 보면 더러는 남의 하는 일이 못마땅할 수도 있고, 용납이 안 되는 경우도 있을 수 있습니다. 그럴 때마다 서로가 다투다 보면 하루도 마음 편할 날이 없을 것입니다. 따지고 보면 그 사람은 그 사람 나름대로 그렇게 할 수밖에 없었던 사정도 있을 수 있는 것입니다. 그렇기 때문에 너그러운 마음으로 상대방을 이해해 주려는 노력이 있어야 합니다. 너그럽게 받아들이는 관용만이 천차만별의 인간들이 다 함께 화목하고 평화롭게 살아 나아갈 수 있는 유일한 길입니다. 너그러운 사람이 큰 사람입니다.

인간의 그릇을 크게 하는 것은 상대방을 존중해 주고 포용해 주는 마음입니다. 남의 입장을 헤아리지 못하는 사람이 크게 된 경우는 드뭅니다. 우리는 남을 이해하고 남의 입장을 헤아려주는 너그러운 사람이 되어야 합니다. 남에게 너그럽게 대하면 남도 나에게 너그럽게 대해 주는 것입니다. 남을 위하는 것이 결국 나를 위하는 것이 됩니다.

관용은 항상 내 마음에 비추어 남의 마음을 헤아려 보는 자세에서 출발해야 하는 것입니다. 이러한 자세로 남과의 관계를 갖게 될 때만이 모든 갈등과 대립이 사랑과 화합으로 승화될 수 있습니다.

어찌하여 최선을 다하지 못 했는가

- 사령관과 카터소위 -

미국의 제39대 대통령을 지낸 지미 카터(1924~)의 좌우명에 얽힌 다음과 같은 일화가 있습니다. 그는 본래 해군 장교로 해군사관학교 출신이었습니다. 그가 사관학교를 졸업하고 처음 배치된 함대의 사령관에게 전입신고를 할 때의 일입니다. 전입신고를 받은 사령관은 느닷없이 이렇게 물었습니다.

"카터 소위, 귀관은 사관학교 시절에 몇 등이나 했는가?"

갑작스런 질문에 그는 몹시 당황하였지만, 솔직하게 대답하였습니다.

"750명 가운데 57등을 했습니다."

사령관은 물끄러미 카터 소위를 쳐다보고 있다가 갑자기 이렇게 꾸짖었습니다.

"귀관은 어찌하여 최선을 다하지 못했으며, 겨우 57등밖에 하지 못하였는가?"

이 일이 있는 후부터 지미 카터는 '왜 최선을 다하지 못 했는가' 라는 사령관의 꾸지람을 일생의 좌우명으로 삼았습니다. 그는 해군장교로서의 주어진 임무에 충실하였고, 제대 후에는 가업인 농업에 종사하며 농부로서의 할 일에 정성을 다 했고 정계에 들어가서는 조지아 주 상원의원으로, 조지아 주지사로서의 직분에 최선을 다하였습니다.

카터는 좌우명대로 평생을 최선을 다해 일했기 때문에 대통령의 자리에 까지 오를 수 있었습니다. 흔히들 어떤 사람이 높은 자리에 오르게 되면 일반적으로 사람들은 운이 좋았다든지 기회를 잘 잡았다고들 쉽게 말들을 합니다만, 거기에는 그 사람 나름대로의 피땀어린 노력이 있었다는 것을 간과해서는 안 됩니다. 우리는 목표를 세운 다음 그것을 성취하기 위해서는 어떤 경우에도 최선을 다하는 노력이 절대적으로 필요합니다.

도산 안창호 선생은 '큰일이건 작은 일이건 내가 하는 일에 정성과 최선을 다하라' 고 했습니다. 현재 내가 하는 일에 전력을 다하라는 뜻입니다. 전력을 다해서 일하는 것이 승리의 길이요, 성공의 길입니다. 사회에서 승리자가 되고 성공한 사람이 되는 비결은 지극히 간단합니다. 정성과 최선을 다하는 것입니다.

종교개혁가 마틴 루터도 '내가 처한 모든 곳에서, 내가 맡은 모든 일에 최선을 다하라'고 했습니다. 언제 어디서 누구하고 무슨 일을 하건 자기가 해야 할 모든 일에 최선을 다해서 하라는 것입니다. 최선을 다한다는 것은 나의 능력을 다해서 하는 것이요, 나의 지혜를 다해서 하는 것이요, 나의 양심을 다해서 정성스럽게 일한다는 것입니다. 최선을 다한 하루하루가 모여서 최선을 다한 한 달이 되고, 최선을 다한 한 달 한 달이 모여서 최선을 다한 한 해가 되고 또 최선을 다한 일생이 됩니다.

우리는 보람 있게 살려면 지금 이 순간 자기가 하는 일에 최선을 다해야 합니다. 최선을 다 했을 때 생의 충실감을 느끼고, 나의 할 일들을 다 했다는 흐뭇한 만족감을 경험합니다. 그러한 태도로 일생을 살아간다면 인생에 뉘우침이 없을 것입니다.

사회에서 큰일을 했거나 크게 성공한 사람들은 예외 없이 전력투구의 인생을 살았습니다. 전력투구하는데 성공하지 못할 이유가 없습니다. 전력투구한다는 것은 야구할 때 온 힘을 기울여서 공을 던진다는 뜻입니다.

우리가 자기의 뜻을 성취하려면, 지금 이 순간 자기가 하는 일에 정성을 다하고 최선을 다해야 합니다. 성공의 비결, 행복의 길이 또한 여기에 있습니다. 이제 우리는 저마다 스스로 반문해 보아야 합니다. 나는 과연 최선을 다하는 자세로 인생을 살아가고 있는가.

38

책이 사람을 만든다

- 빌게이츠와 독서 -

컴퓨터 황제 빌 게이츠는 독서광이었습니다. 빌 게이츠의 부모는 그가 책을 읽는 데에 집중할 수 있도록 주 중에는 TV 시청을 금지 했습니다. 그가 일곱 살 때 부모는 〈세계대백과사전〉을 선물 했는데, 그는 처음부터 끝까지 읽기로 결심하고 매일 조금씩 읽어 내려가 마침내 다 읽을 수 있었습니다. 그 후 그는 유명인사의 전기를 비롯해 역사, 과학 등 독서하는 데 재미를 붙여 많은 책을 읽었습니다. 지금 빌 게이츠의 집에는 1만 4천여 권의 장서가 소장된 개인도서관이 있습니다. 빌 게이츠는 10대 때부터 세계의 모든 가정에 컴퓨터 한 대씩을 설치한다는 상상과 함께 반드시 그렇게 만들고야 말겠다는 원대한 꿈을 품었습니다. 그 꿈은 독서에서 비롯된 것이었습니다. 그 꿈은 마침내 열매를 맺어 컴퓨터 산업을 통해 세계 최고의 부자가 되었습니다.

언젠가 그가 공식석상에서 '내가 살든 마을의 작은 도서관이 오늘의 나름 만들었다'고 회상했습니다. 그는 일을 하다가 생각이 막히면 무조건 책을 펼쳤습니다. 소설책도 좋고 시집도 좋고 경영서도 역사책도 좋았습니다. 그냥 책 읽는 것이 좋아서 닥치는 대로 읽었습니다. 책을 읽다보면 새로운 생각들이 그의 머리를 가득 채웠습니다. 실제로 그 동안 그가 얻은 아이디어들은 모두 이렇게 책을 읽는 동안에 얻은 것입니다. 지금의 빌 게이츠를 만든 것은 책의 덕분입니다. 책을 통해 꿈을 가질 수 있었고, 또 그 꿈을 이루어 낼 수 있었습니다. 그 결과 지금처럼 모든 사람들이 부러워하는 인생을 살게 된 것입니다.

인간은 책을 만들고 책은 인간을 만듭니다. 프랑스의 저명한 작가인 앙드레 지드는 '인간이 자기의 정신에서 만들어 낸 것 중에서 최대의 것은 책이다'라고 했습니다만, 책처럼 위대하고 가치 있는 것은 없습니다. 한권의 책이 한 인간의 운명을 바꾸게 하고, 사회개혁의 원동력이 되기도 하며, 인류 역사의 방향을 바꾸게 할 수도 있습니다. 책에는 영원불멸의 빛이 있고 무한한 힘이 있기 때문입니다.

우리는 책을 읽고 그것을 지식의 원천으로 삼을 뿐만 아니라 그 샘으로부터 평생에 걸쳐서 삶에 필요한 지식과 지혜를 퍼 올리지 않으면 안 됩니다. 독서는 정신적으로 우리의 눈을 뜨게 하고 우리의 심령에 감동을 느끼게 하며, 우리의 인격을 풍성하게 만들어 줍니다. 이렇듯 독서는 우리에게 즐거움을 주고 교훈을 주며, 살아가는데 필요한 지식을 넓혀 줍니다.

또 책 속에는 인류가 걸어온 역사가 있고 모든 시대에 쌓여진 지식이 있습니다. 그리고 삶에 필요한 진리와 지혜가 담겨 있습니다.

우리는 독서를 통해서 동서고금의 위대한 성현들과 만날 수 있고 또 그들을 통해 진리의 빛을 볼 수 있고 지혜를 배울 수 있으며 교훈의 말씀을 들을 수 있습니다. 책을 읽어야 할 대전제가 여기에 있고 독서를 권장하는 이유 또한 여기에 있는 것입니다.

책을 읽되 읽는 것으로 그치지 말고 읽은 것을 연구하고 실생활에 활용해야만 합니다. 책에서 얻은 지식은 되새김질해야 하며, 실생활에서 이용되어야만 참된 지식이 되고 또 자기의 정신적 신장을 꾀할 수 있는 것입니다. 책을 읽읍시다. 책이 당신을 성숙하게 만들어 줄 것입니다.

39

사람은 얼마만큼의 땅이 필요한가

- 탐욕의 말로 -

러시아의 문호 톨스토이의 단편소설 가운데 〈당신에게는 얼마나 많은 땅이 필요한가〉라는 명작이 있습니다. 주인공 파홈은 욕심쟁이로 많은 땅을 갖고 싶었습니다. 그래서 그는 땅값이 아주 싸다는 비시킬 지방을 찾아갔습니다. 비시킬 지방은 소문대로 끝없이 펼쳐진 넓은 기름진 초원이었습니다. 그런데 촌장과 땅을 흥정 했는데 매매방법이 특이했습니다. "우리는 항상 하루당 얼마로 계산해서 팔지요. 즉 하루 동안 걸어갔다가 돌아온 만큼의 땅이 바로 당신 소유가 되는 것입니다. 그리고 그 가격은 1,000루불로 정하고 있습니다. 하지만 한 가지 조건이 있습니다. 그날 해가 지기 전에 출발점에 되돌아오지 못하면 당신이 지불한 돈은 되돌려 받지 못하는 것입니다."

파홈은 매우 흡족했습니다. 그는 다음 날 아침 일찍 햇살이 초원을 물들이자마자 넓은 땅을 걷기 시작했습니다. '절대로 시간을 낭비해서는 안 되지, 그리고 가능한 한 멀리 돌아야지.' 초조한 마음에 그는 쉬지도 못하고 발걸음을 재촉했습니다. 그는 상당히 먼 거리를 걸었습니다. 그래도 더 많은 땅을 차지하려고 더 나아가다가 하늘을 올려다보니 어느새 해는 이미 서쪽으로 절반쯤 기울여져 있었습니다. 그러나 탐욕에 눈이 어두워진 파홈은 해가 져 가는데도 돌아갈 생각은 아니하고 멀리까지 나갔습니다. 그는 이제 돌아가려고 했습니다. 해는 점점 기울어져 지평선에 가까이 가 있었습니다. 파홈은 있는 힘을 다해 출발지를 향해 달려갔습니다. 그는 천신만고 끝에 해가 떨어지기 전에 출발점에 닿을 수가 있었습니다. 그러나 이미 때는 늦었습니다. 지칠 대로 지친 파홈은 그 자리에서 기진해 쓰러지고 말았습니다. 파홈의 머슴이 달려와서 주인을 일으키려고 했지만, 그의 입에서 피가 흐르고 있었습니다. 그는 이미 죽어 있었습니다. 머슴은 삽을 들어 주인을 위해 그의 머리에서 발끝까지의 정확한 치수인 6피드 길이로 구덩이를 팠습니다. 그리고 그 곳에 파홈의 시체를 파묻었습니다.

인간의 탐욕이 얼마나 무서운 결과를 가져오는가를 잘 말해 주는 교훈적인 이야기입니다. 우리는 탐욕을 버려야 합니다. 사람이 불행해지고 파멸의 비극을 겪게 되는 것은 지나치게 탐하는 욕심 때문입니다. 내가 가져서는 안 될 것을 무리하게 가지려고 하는 욕심이 탐욕입니다. 탐욕은 순리에 어긋나는 소유욕이요 바른 길에서 벗어나는 욕심입니다. 탐욕은 파멸의 원천이요 불행의 근원입니다. 그런데도 인간의 욕심은 한도 끝도 없습니다.

일찍이 중국 고대의 도가사상의 시조인 노자(老子)는 '만족할 줄 모르는 것만큼 큰 화근이 없고, 한정 없이 갖고 싶어 하는 것만큼 큰 불행은 없다. 만족할 줄 알면 치욕을 당하는 일이 없고, 그칠 줄을 알면 위험을 만나는 일이 없고 언제나 평안하고 무사할 수 있다'고 자제와 자족을 강조하였습니다.

우리는 자기의 분수를 알고 분수를 지키고 분수에 맞게 행동하고 생활해야 합니다. 탐욕은 무리한 행동을 저지르게 합니다. 신체에 무리하면 병이 생기고, 정신에 무리하면 질환을 일으키고, 경제에 무리하면 빚더미에 앉게 되고, 인간관계에 무리하면 적이 생기고, 일에 무리하면 좋은 결과를 기대할 수 없게 됩니다. 무리하지 말아야 합니다. 이것이 삶의 기본 원칙입니다.

40

운명은 스스로 만들어가는 것이다

- 운명론의 극복 -

중국 당나라 때 배도(裴道)라는 사람이 있었습니다. 어느 날 거리를 지나다가 그 당시 유명하다는 관상가를 만났습니다. 잘 됐다 싶어 배도는 자신의 관상을 한 번 봐 줄 것을 청하자 관상가는 아주 말하기 곤란하다는 표정을 짓고 있다가 이윽고 이렇게 말하는 것이었습니다.

"말하기 민망하나 당신은 빌어먹을 상입니다."

이 말을 듣는 순간 배도는 자신의 운명에 대해 실망 했지만 나중에 정말 빌어먹을 때를 대비해서 그 후로 남들에게 선행을 베풀리라 마음먹고 그렇게 열심히 실행했습니다. 그렇게 얼마간의 세월이 흐른 뒤 길에서 그 관상가를 우연히 만나게 되었는데, 그 관상가는 배도를 보더니 깜짝 놀라며 이렇게 말하는 것이었습니다.

"이럴 수가……, 정말 놀랍군요, 당신의 상이 바뀌어 이젠 정승이 될 상입니다."

아닌 게 아니라 배도는 그 후 벼슬길에 올라 나중에는 정승이 되었다고 합니다. 진실을 말하면 운명은 지어진 것이 아니라 스스로 만들어 가는 것입니다.

우리는 안 좋은 일이 일어나면 습관적으로 팔자타령을 합니다. 그 밑바탕에는 '사람은 팔자대로 살아간다.'는 운명론에 지배되어 있기 때문입니다. 이 운명론에 관련한 속담도 많이 나와 있습니다. '팔자는 독에 들어가도 못 피한다.' 든지 '이 도망 저 도망 다해도 팔자 도망은 못 한다' 는 등의 속담이 바로 그것입니다. 이 속담 속에는 다른 것은 몰라도 팔자는 어떤 방법을 써도 피하지 못한다는 체념이 깔려 있습니다. 더 나아가 우리의 운명은 우리 자신이 마음대로 할 수 없음을 극명하게 보여주는 무서운 속담도 있습니다. '뒤로 오는 호랑이는 속여도 앞으로 오는 팔자는 못 속인다.' 는 것이 이것입니다. 이렇듯 우리는 알게 모르게 많은 속담 속에서 피하려야 피할 수 없는 '팔자'에 얽혀 살아가고 있는 것입니다. 그럼 정말 '팔자'라는 것이 있는 것일까요? 만약 팔자라는 것이 있다면 앞의 이야기 속의 배도라는 사람은 관상가가 말한 대로 평생을 '빌어먹을 팔자'로 살았어야 맞는 대답이 될 것입니다.

프랑스의 실존주의 문학가이며 철학자인 사르트르는 '인간의 운명은 인간의 수중에 있다'고 갈파했습니다. 내 운명의 열쇠는 내가 쥐고 있다는 것입니다. 우리는 이제 운명론에서 과감하게 벗어나야 합니다. 더 이상 운명의 나약한 굴복한 사람이 되어서는 안 됩니다. 오히려 운명에 도전하는 용감한 극복한 사람이 되어야 합니다. 운명을 바꿀 수 있느냐 없느냐 하는 문제는 상당부분 자기의 자유의지에 달려 있습니다. 자유의지가 강한 사람은 비록 불행한 운명 속에서 태어났다 해도 행복한 운명으로 바꾸어 놓을 수가 있습니다. 그렇지 않은 사람은 행복한 운명으로 태어났어도 불행한 운명으로 떨어질 수밖에 없습니다. 우리는 운명의 힘 보다는 인간의 자유의지가 강하다는 것을 믿습니다. 이러한 신념과 철학을 가지고 자기의 미래를 용감하게 개척해 나가는 삶의 강자가 되어야 합니다.

운명적으로 정해진 팔자는 없습니다. 팔자에 대한 집착이 팔자를 만듭니다. 자신에 대한 부정적인 생각을 떨쳐 버리고 자신의 미래를 긍정적으로 설계하여 실행해 보세요. 하늘은 스스로 돕는 자를 돕는다고 했습니다. 운명은 지어진 것이 아니라 스스로 만들어가는 것입니다.

41

스스로 낮추는 자는 높아진다

- 말석에 앉은 대통령 -

　　프랑스의 대통령이었던 포오 항가리는 대통령 재직 시 모교 쏠버대학에서 한 교수의 근속 50주년 기념식이 베풀어 졌을 때의 일입니다. 대통령은 모교의 스승인 라비스 박사를 축하하기 위해 그 식전에 참석하였습니다. 기념식 도중 라비스 박사가 답사를 하기 위해 단상에 올라가 내려다보니 뜻밖에도 대통령이 내빈석도 아닌 학생석의 맨 뒷자리에 앉아 있는 것이 아닙니까. 라비스 박사는 깜짝 놀라 황급히 단상에서 내려와 대통령을 단상으로 모시려고 했으나 한사코 사양하면서 말했습니다.

　　"선생님, 저는 선생님께 배운 제자입니다. 오늘의 주인공은 선생님이 십니다. 저는 오늘 대통령의 자격으로 이 자리에 온 것이 아니라, 제자의 한 사람으로 오늘의 영광스런 선생님을 축하하려고 온 것뿐입니다." 하는 수 없이 단상에 오른 라비스 박사는 '저렇게 훌륭하신 대통령이 나의 제자라니 꿈만 같습니다.'라고 했습니다. 조금은 그의 겸손이 지나치다 싶지만, 자기를 낮추고 자기를 들어내려고 하지 않는 그에게서 겸손의 참 모습을 엿볼 수 있습니다. 포오 항가리는 영광을 스승에게 올림으로써 한층 유명한 대통령이 되었습니다. 사실 겸손하다는 것은 자기를 낮추는 것이 아니라, 반대로 자기를 높이는 일인데도 사람들은 그 이치를 깨닫지 못하고 있는 것입니다.

겸손이란 남을 높이고 자기를 낮추는 것이요, 자만하지 않는 것이요, 자기를 과시하지 않는 것입니다. 겸손에 있어 가장 중요한 것은 자기를 나타내지 않는 것입니다. 자기가 잘 났다고 나서지 않는 것이요, 사람 앞에 자랑하지 않는 것입니다. 겸손한 사람은 남의 미움을 사거나 시기와 질투의 대상이 되지 않습니다. 그래서 겸손한 사람에게는 적이 없습니다. 인자무적(仁者無敵)이지요. 사람이 겸손하면 언제나 이익이 돌아오고 모든 일이 다 잘되고 만사가 형통한다고 했습니다. 겸손이야 말로 덕 중의 덕입니다. 겸손이 없이는 진정한 의미의 인간의 완성은 불가능 합니다.

예수는 어느 잔칫집에서 초대받은 사람들이 저마다 상좌에 앉으려고 하는 것을 보고 '무릇 자기를 높이는 자는 낮아지고 자기를 낮추는 자는 높아지리라'고 했습니다. 자기를 높이는 교만한 자는 멸시를 받고 자기를 낮추는 겸손한 사람은 오히려 남의 존경을 받는다는 뜻입니다.

우리는 무르익을수록 고개를 숙이는 벼이삭의 지혜를 배워야 합니다. 지극히 높은 경지에 오른 사람은 자기를 나타내 보이거나 자랑하지 않습니다. 스스로 높이면 높일수록 낮아지고 천해진다는 사실을 명심하고 높아질수록 더욱 겸손하여야 합니다. 이것이 인간이 가져야 할 교양 있는 사람의 기본자세입니다.

42

나의 존재가치는 어떤가

- 한구석 밝히기 -

　에드워드 보크는 일찍이 열두 살 때에 고국 네덜란드를 떠나 미국에 이민으로 건너왔습니다. 어릴 때 부모를 여의고 할아버지 손에서 자라난 어린 에드워드가 정든 고향을 버리고 외톨이 이민으로서 멀리 미국 신대륙으로 떠나지 않으면 안 되었을 만큼 그의 가정은 보잘 것 없고 가난하기 때문이었습니다. 손자의 배를 탈 수 있는 경비를 간신히 마련해 준 할아버지는 어린 에드워드의 머리를 어루만지면서 마지막 작별을 고했습니다.

　"에드워드야, 나는 너에게 꼭 일러주고 싶은 말이 하나 있다. 너는 이제부터 어디를 가나 너로 말미암아 네가 있는 곳이 어떤 모양으로라도 보다 나아지도록 힘써라. 이것이 내가 너에게 주는 마지막 교훈이다. 너는 이것을 명심해서 잊지 말고 실행해라."

어린 에드워드 모크가 미국 보스턴에 상륙했을 때에는 단돈 1달러도 못 되는 돈이 남아 있었을 뿐이었습니다. 어떻게든 살아야만 했던 그가 손쉽게 시작할 수 있는 것은 신문을 파는 일이었습니다. 그는 사람들이 많이 오가는 거리 한 모퉁이에서 신문을 팔면서 할아버지가 일러준 교훈대로 우선 길거리에 흩어져 있는 종이조각과 담배꽁초를 치우기로 하고 길거리를 쓸기도 했습니다. 신문 파는 어린애가 이 거리에 나타난 다음부터 이 근처는 눈에 띄게 깨끗해지자 이웃 사람들의 칭찬이 자자했고 덕분에 신문도 많이 팔수가 있었습니다.

그 후 이 어린 에드워드는 이웃 사람들의 도움으로 몇몇 다른 직장을 옮겨 다니며 경험을 얻은 후에 마침내 커티스 출판사에서 일하게 되었는데, 그의 첫 일자리는 사무실과 판매장을 청소하며 심부름 일을 하는 사환이었습니다. 그는 여기서도 할아버지의 교훈을 생각하며 보다 나은 일터를 만들기에 힘썼습니다. 어린 사환이 들어온 후로 이 영업소는 몰라보게 깨끗해졌고 점포의 분위기가 일신되면서 판매량도 늘어났습니다. 이러한 변화를 눈여겨 보던 그의 상사는 그를 점원으로 특채하였으며, 이 후 회사에서는 그의 성실성과 능력을 높이 평가하여 중요한 직책을 두루 거쳐서 중역의 한 사람이 되었으며, 마침내는 이 회사의 사장님의 예쁜 딸과 결혼하는 행운아가 되었습니다. 그가 40고개를 넘었을 때 그는 이미 다채로운 경험을 쌓아서 경제적으로 또 인격적으로 미국 사회에서 손꼽히는 존재가 되었습니다. 그가 이렇게 되기까지 그는 하루도 할아버지의 마지막 교훈을 잊은 날이 없었다는 것입니다. 그가 1925년 사업계에서 은퇴할 때 까지 일생을 통하여 '내가 살고 있는 이 미국을 어떻게 보다 살기 좋은 나라로 만들 수 있을 것인가' 하는 일념으로 여러 가지 사업을 전개하여 큰 공적을 남겼습니다. 이 사람이 바로 그 당시 전 세계적으로 널리 알려진 미국 필라델피아의 커티스 출판사의 사장으로, 매우 권위 있는 몇 개의 잡지와 일간 신문을 발간해서 미국 국민들에게 여러 방면에 걸쳐 지대한 영향을 끼친 에드워드 보크(Edward Bok)입니다.

열두 살 어린 나이에 의지할 곳이라곤 하나도 없는 낯선 이국땅에서 혼자서 꿋꿋하게 살아가는 것만도 가상하기 이를 데 없는데 항시 할아버지의 마지막 교훈을 잊지 않도록 힘써 주위환경에 좋은 영향을 끼치면서 자기의 존재가치를 뚜렷이 할 수 있었던 에드워드의 이야기는 참으로 감격스럽습니다. 이제 우리는 스스로 존재가치에 대하여 깊이 있게 생각을 해 보아야 합니다. 나는 어떤 존재로 살아가고 있는지?

에드워드처럼 자기가 있는 곳이 어떤 모양으로든지 보다 나아지도록 최선을 다하여 그 한구석을 밝히며 살고 있는지, 아니면 겨우 자기의 구실만을 다하는 것으로 만족하며 묵묵히 살아가고 있는지, 그것도 아니면 나 같은 것이 무슨 존재 가치가 있느냐며 자기를 비하하고 한탄하면서 그럭저럭 살아가고 있지는 않는지 자문해 보아야 합니다.

이 세상에 태어난 이상 우리는 무엇인가 보람 있는 일을 해야 하고 가치 있는 존재로 흔적을 남기고 가야 합니다. 범은 죽어서 아름다운 가죽을 남기고, 사람은 죽어서 훌륭한 이름을 남겨야 한다고 하였습니다. 인간으로 태어나 아무런 업적도 유산도 남기지 못한다는 것은 부끄러운 일입니다. 작게는 내 가족과 자손 그리고 직장을 위하여, 크게는 지역 사회와 내 민족과 내 나라를 위하여 무엇인가 기여하는 바가 있어야 합니다.

이 땅에 태어난 이상 내가 살고 있는 곳의 한구석을 밝히는 내 존재의 흔적을 남겨 놓고 가야 합니다. 이것이 사람 사는 의미요 보람이요 사명입니다. 내 인생이 의미 있는 존재라고 자부할 수 있다면 자기만을 위하여 살 것이 아니라, 남을 위해 봉사를 통하여 나의 존재를 뚜렷이 하고 나의 업적을 남겨야 합니다. 인간의 가치 평가는 결국 어떤 존재로 어떤 업적을 남겨 놓았느냐에 의해서 결정되는 것입니다.

43

우리 민족이 유태 민족보다 훌륭하다

- 민족의 긍지 -

1967년 이스라엘과 아랍 국가 간의 중동전쟁이 일어나자, 미국 주요도시의 공항에서는 이스라엘행 비행기를 타려는 유태의 젊은이들이 차례를 기다리는 장사진을 볼 수 있었습니다. 그들은 비록 미국에서 태어난 미국 시민이지만, 조국 이스라엘의 국난을 방관할 수 없다는 젊은이들이었습니다.

2천년 만에 다시 찾은 나라를 어떻게 빼앗길 수 있느냐면서 기어코 조국을 수호하겠다는 결의에 찬 대열이었습니다. 전쟁은 이스라엘의 승리로 끝났습니다. 이것은 어떤 이유보다도 유태민족의 단합된 힘이 있었기에 전쟁을 승리로 이끌 수 있었던 것이라고 생각됩니다. 이 같은 보도가 외신을 통해 전 세계에 전해지자 많은 사람들은 유태민족의 민족적 단합에 대하여 놀라기도 하고 또 한편으로는 부러워하기도 하였습니다.

그러나 대표적인 조국애의 사례로 세계인의 주목을 끌었던 이스라엘 유학생들의 귀국 참전보다, 우리 민족은 그 보다 17년이나 앞선 값진 재일학도 의용군의 귀국 참전이 있었음을 우리는 잘 모르고 있지는 않는지 모르겠습니다.

1950년 한국전쟁이 일어나자 많은 재일청년학도들이 조국을 수호하겠다는 결의로 일본 각지에서 모여들었습니다. 이들 642명은 당시 맥아더 사령부의 참전 응락으로 주일 미군기지에서 군사 훈련을 마친 뒤, 그해 9월15일 인천상륙작전을 비롯한 여러 전투에서 혁혁한 전공을 세웠으며, 이 과정에서 135명이 전사하였습니다.

조국 수호를 위해 달려온 그들의 애국정신은 참으로 고귀하고 후세에 길이 빛난 한민족의 자랑이 아닐 수 없습니다. 우리의 선조들은 나라가 위기에 처하면 삽과 쟁기를 놓고 전쟁터로 뛰어나가 싸웠습니다. 을사보호 조약으로 하루아침에 나라를 잃었을 때에도, 우리 백성들은 전국 각지에서 수천 명의 의협 남아들이 의병을 일으켜 일본군과 싸웠습니다.

백암 박은식 선생은 '의병 정신은 국혼의 상징이며, 국혼이 살아 있으면 나라는 망하지 않는다.' 고 했습니다. 이 같은 민족정신은 일제침략과 6·25등 국난극복의 원동력이 되었습니다. 우리 민족은 오래 전부터 조국의 위기를 외면하지 않고, 용감하게 몸을 던져 싸워온 민족입니다.

우리는 남의 나라는 과대평가하고 자기 나라는 과소평가하는 경향이 있습니다. 이것은 아직도 사대주의적 잔재가 남아 있기 때문입니다. 이제 우리는 민족적 자존심을 가지고 떳떳하게 우수한 민족임을 자랑하며 살아가야 합니다. 어느 나라건 자랑스러운 면과 부끄러운 면은 있기 마련입니다. 분명한 것은 민족적 긍지를 가진 민족만이 더욱 번창하고 발전할 수 있다는 사실입니다.

배우면서 사색하고 사색하면서 배우자

- 학자가 된 머슴 -

　　문장과 도덕으로 유명한 학자인 고청(孤靑) 서기(徐起 : 1528~1591)
는 노비 출신이었습니다. 조선시대에 노비 신분으로 학자가 된다거나
도덕 조행으로 남의 존경을 받는 경지에 이른다는 것이 얼마나 어려운
일인가는 새삼 얘기하지 않아도 짐작이 가는 일입니다.

　　한마디로 그건 불가능한 일이었습니다. 그것은 낙타가 바늘구멍으
로 들어가는 것보다 더 어려운 일이었습니다. 신분이라는 틀에 갇혀서
글을 배울 기회가 주어지지 않았기 때문입니다. 고청 서기 선생은 어
릴 때부터 상전의 어깨 너머로 글을 익혔습니다. 고된 일을 하는 틈틈
이 글자 하나라도 알게 되면 수십 수 백 번을 되풀이 하면서 글자의 뜻
을 사색하기도 하고 혼자 땅바닥에 써 보기도 했습니다. 이러기를 여
러 해 하는 동안 머릿속에 담겨진 글자가 늘어났고, 글자 하나하나에

담긴 뜻도 마음속 깊이 새겨져 갔습니다. 그는 글자 하나를 알게 되면 그 뜻을 사색하고, 그리고 다시 한자를 익혀 그 뜻을 사색하는 식으로 일하는 틈틈이 익혀 나갔습니다. 그의 상전은 심충겸이라는 사람으로 그 또한 학자였고, 어진분이었습니다. 심충겸이 자기 집 종인 서기가 이런 파나는 노력으로 학문을 이루어 간다는 것을 알고 드디어 그에게 공부할 기회도 주고, 나중에는 노비신분에서 해방시켜 주었을 뿐 아니라, 그를 부를 때 꼭 처사(處土)라고 했습니다. 그 만큼 그를 존경해 주었던 것입니다. 그래서 당시 사람들은 '종도 가상하지만 상전도 어질다'고 일컬었습니다.

자유의 몸이 된 고청 서기는 당대에 손꼽히는 학자들인 화담 서경덕(徐敬德), 토정 이지함(李之菡), 그리고 이중호(李仲虎) 같은 석학에게 사사하였는데, 이들 모두가 실학을 존중하는 선비들이었습니다. 그는 이에 영향을 받아 실용적 학문에 몰두하였습니다. 그의 공부하는 방법은 배우고 나면 사색하고 사색하여 학문을 이루면 이를 몸에 익혀 반드시 실천하는 것이었습니다. 그는 독학으로 공부한 만큼 배우고 난 뒤에는 늘 깊이 사색함으로써, 그 뜻을 익혀 자기의 것으로 소화시켜 나갔으며, 또 그것을 실생활에 활용하도록 힘썼습니다. 그는 후에 계룡산 고청봉 아래 공암동에 살면서 많은 제자들을 가르치며 후학 양성에 힘써 위대한 발자취를 남겼습니다.

우리는 머슴에서 학자가 된 고청 서기의 일대기에서 귀중한 교훈을 얻습니다. 그의 대단한 향학열과 학문에 대한 대단한 집념 등을 들 수 있겠지만 무엇보다도 그의 독특한 학습방법에 주목하게 됩니다. 그의 독특한 학습방법은 오늘날에도 우리가 본 받아야할 모범적인 탁월한 독서법이며 수행법이기 때문입니다. 그는 어린 시절 상전의 어깨 너머로 글을 배웠을 뿐 남에게 물어 볼 수 있는 처지가 아니었습니다. 그래서 그는 배운 것을 혼자서 사색하여 그 뜻을 익혀갔습니다. 배운 것을 수십 수백 번 되풀이 하면서 그 뜻을 사색하니 자연히 그 뜻을 깨칠 수가 있었습니다. 그렇게 사색해서 깨닫지 못한 것이 없었습니다. 우리 조상들은 옛 선현들의 심오한 가르침을 이런 방식으로 깨우쳐 알아들었습니다. 우리도 고청 서기처럼 배우면서 사색하고 사색하면서 배우는 사람이 되어야겠습니다.

배우는 것이 결코 쉬운 일은 아니지만, 배우는 것처럼 기쁘고 보람 있는 일은 없습니다. 배움은 우리를 젊게 하고, 슬기롭게 만듭니다. 또 배움은 우리를 넓게 하고, 깊게 하고, 크게 만듭니다. 배우면 우리의 시야가 넓어지고 정신의 눈을 뜨게 하여 한 차원 높은 수준의 인간을 만들어 내는 것입니다. 성공적인 인생을 살아가기를 원한다면 무엇보다 평생을 두고 배우는 일에 힘써야 합니다. 배움이 인간을 성숙하게하고 자신을 발전시킵니다.

45

유능한 지도자만 있으면 크게 될 민족이다

- 개화기의 우리의 모습 -

개화기 무렵의 외국인들의 눈에 비친 우리의 모습은 어떠했을까
요? 1874년 프랑스 가톨릭 신부 샤를르 달레는 〈한국 천주교 교회사〉
라는 책을 펴냈는데, 당시 우리나라에 숨어들어와 선교활동을 하다가,
천주교 박해 때 목숨을 잃은 여러 신부님들이 써 보낸 보고서를 토대
로 엮은 책이었습니다. 그 책에서 프랑스 신부들은 우리나라 사람들의
국민성에 대하여 아주 흥미로운 진단을 내리고 있습니다.

첫째, 한국인들은 인간 사랑의 법칙을 선천적으로 존중하고 이를
서로 돕는 정신을 통하여 나날이 실천하고 있기 때문에 현대 문명의
이기주의에 물든 다른 나라 국민들 보다 우위에 있다.

둘째, 한국인들의 손님 대접을 하는 것을 보면 신성한 의무처럼 극
진하며 친구대접 또한 그와 같다.

셋째, 한국인들은 육체적 고통을 잘 참으며 육체적 피로에 결코 굴복하지 않는 강인한 성격을 지니고 있다.

이렇게 진단하면서 한국민족은 결코 나약하거나 비겁하지 않으며, 유능한 간부만 있다면 훌륭한 나라로 발전할 수 있을 것으로 확신한다고 하였습니다. 그러나 신부들은 이러한 장점도 들었지만, 우리나라 사람들의 단점도 들었습니다.

첫째, 한국인은 천성적으로 무척 정열적이지만, 남녀 간의 참다운 사랑은 찾아보기 힘들다. 남녀 간의 풍기문란은 모든 상상을 초월한 정도이고 정조관념 역시 희박하다.

둘째, 한국인들은 돈에 악착같다. 돈을 벌기 위해서는 수단과 방법을 가리지 않는다. 그러나 돈이 생기면 마구 써 버린다.

셋째, 한국인의 성격은 완고하고 까다롭고, 화를 잘 내며 복수심이 강하다. 그 예의 하나가 화가 치밀면 쉽게 목을 매거나 물에 뛰어들어 자기 목숨을 끊어 버린다. 또 이밖에도 한국인의 성격 결함으로 과음, 과식하는 것, 자기가 아는 것은 말하지 않고는 못 배기는 것, 모임에서 모두 큰 소리로 떠드는 것 등을 들었습니다.

그런가 하면 영국의 지리학자로 그 당시 우리나라를 네 번이나 방문했던 비숍여사는 〈한국과 그 이웃〉이라는 책에서 이렇게 말하고 있습니다. '한국인은 처음 보았을 때는 정직하지 못하고 무식한 것처럼 보이지만, 조금만 더 시간을 두고 관찰하면 청결을 좋아하고 멋이 있으며 정직하고 친절하며 그 어느 국민들 보다 높은 학문적 수준과 교육열이 있음을 알게 된다. 한국인이 만약 정직한 관리와 재산권을 적

절히 보호할 수 있는 제도만 가질 수 있다면 세계적으로 훌륭한 국민이 될 수 있을 것이다.'

　개화기 무렵의 외국인들이 본 우리의 모습은 우리가 생각하고 있는 것과는 상당한 차이가 있다는 것을 알 수 가 있습니다. 우리는 우리 민족의 장점으로 창의성, 인내성, 낙천성, 그리고 사랑과 친절 등을 들고 있는데, 프랑스 신부들은 인간애, 손님환대, 강인성, 용기를 들고 있습니다. 또 우리 자신은 우리의 단점으로 형식주의, 당파심, 의타심, 위정자의 부패, 단결력 부족 등을 꼽고 있는데 그들은 풍기문란과 경제도덕의 부재 그리고 낭비성, 조급성, 떠들썩함 등을 들고 있습니다. 이 같은 차이는 우리들의 전통적인 관점과 외국인들의 기독교적인 관점에서 보는 것이라고 여겨집니다.

우리의 마음가짐에서 가장 중요한 것은 자기성찰입니다. 제3자의 입장에서 우리가 미처 생각지 못했던 날카로운 지적을 우리는 고마운 충고로 받아들이고 스스로를 살피는 것입니다.
그리고 먼 나라에서 왔던 손님의 따뜻한 충고를 정중하게 받아들이는 태도 또한 주인이 된 자의 도리인 것입니다.

제 5부

지혜로운 삶

인생을 바로 살고 행복하게 살아가려면
무엇보다 지혜가 필요합니다.
현대의 교육의 지식은 가르치지만 지혜는 가르치지 않습니다.
지혜는 경험을 통해서 얻어지는 것이므로,
앞서 살아온 사람들의 성공적인 삶의 경험을 통해
그 속에서 배우고 되새김질하여 자기의 체험으로 삼아야 합니다.
그것은 곧 성공한 사람들의 인생 경험담일 수도 있고
인생 성공담일 수도 있기 때문입니다.

46

자기 성찰은 바르게 성장하는 길이다

- 정승과 농부 -

조선 초기 문신으로 영의정에 올랐던 황희가 젊은 시절인 고려 말에 그가 경기도 파주 적성현의 훈도로 있을 때, 어느 날 서울인 송도(개성)로 가는 길에 누런 소와 검은 소 두 마리를 이끌고 밭을 가는 늙은 농부를 만나게 되었습니다. 그런데 그 농부는 방금 소에 메었던 쟁기를 벗기고 나무 밑에서 쉬고 있었습니다. 황희도 잠시 쉬어갈 생각으로 길가나무에 말고삐를 매고 그 농부 곁에서 쉬게 되었습니다. 이때 황희는 농부를 보고 물었습니다.

"저 두 마리의 소가 모두 살도 찌고 힘도 세어 보이는데, 누런 소와 검은 소 중 어느 소가 힘도 세고 일도 잘 합니까?"

하고 물으니 늙은 농부는 황희 옆으로 와서 입을 귀에다 대고 낮은 목소리로 속삭이듯 대답하기를, "누런 빛깔의 소가 낫고 검정 빛깔의 소가 못 하다오."

이상하게 여긴 황희는 어찌 소를 두려워하여 이같이 귀엣말로 가만가만이 말하느냐고 물었습니다.

그러자 농부는 정색을 하고, "짐승이 비록 사람의 말을 알아듣지 못하지만, 사람들이 하는 말이 좋고 나쁜 것을 알아듣는 다오. 만약 검정소가 누런 소 보다 못하다는 말을 듣는다면 마음에 불평스러운 것이 어찌 사람과 다르겠소, 젊은 그대는 아직 철이 덜 들었구려." 이 말을 들은 황희는 부끄러움을 금치 못하였으며, 순간 가슴이 후련하도록 탁 트이는 큰 깨달음을 얻었다고 합니다.

황희(黃喜 : 1363~1452) 정승은 고려 말과 조선 초의 문신으로, 인물이 어질고 온화하여 누구에게나 존경받는 명재상이었습니다. 그가 긴 세월을 한결 같이 영상의 자리에 재임할 수 있었던 것은 무엇보다도 청렴결백한 인물이었기 때문입니다. 그가 많은 사람으로부터 존경을 받을 수 있었던 것은 비록 하찮은 농부의 말이지만, 그 말에 큰 깨달음을 얻어 대인관계와 처세의 거울로 삼았기 때문이라고 전해오고 있습니다. 그는 언제나 자기 자신을 반성하여 살피는 자기성찰을 게을리 하지 않았으며, 잘못이 있으면 자기의 탓으로 돌렸습니다. 이 이야기는 오늘의 우리들에게 큰 가르침을 주고 있습니다. 그가 90세의 천수(天壽)를 누리는 한 평생을 겸손과 너그러움, 그리고 큰 도량으로 일관 할 수 있었던 것은 바로 그 농부에게서 받은 교훈이 컸기 때문이었습니다.

인간의 마음가짐에 있어 가장 중요한 것은 자기성찰입니다. 자기의 마음을 반성하여 살피는 것입니다. 자기의 행위를 돌아보고 잘못이 있었는지를 살피고 잘못이 있었다면 겸허한 마음으로 뉘우치는 마음가짐이 되어야 합니다.

부단한 자기성찰은 각성과 자각을 가져오고, 다시는 잘못을 저지르지 않겠다는 굳은 결심과 더욱 노력하려는 분발심을 가져옵니다. 자기성찰은 곧 참되고 바르게 성장하는 길이요, 자기의 뜻한 바를 바르게 성취해 나가는 길잡이기도 합니다.

47

역지사지로 상대방을 이해하자

- 대통령과 사령관 -

　미국의 남북전쟁 중에 있었던 일입니다. 게티스버그의 전투는 1863년 7월 1일부터 3일간에 걸쳐 벌어졌습니다. 전투는 매우 격렬했고 참혹했습니다. 7월 4일 밤 남군의 리 장군은 그 지방에 폭풍우가 몰려오자 남쪽으로 후퇴하기 시작했습니다. 리 장군이 패배한 부대와 함께 포토맥에 도착 했을 때 리 장군 앞에는 걸어서는 도저히 건널 수 없는 강물이 범람해 있었고, 리 장군의 바로 뒤에는 승승장구한 북군이 바짝 추격해 오고 있었습니다. 그는 궁지에 몰려 탈출 할 곳이 없었습니다.

　링컨 대통령은 이것을 리 장군의 군대를 생포해 즉각 남북전쟁을 끝낼 수 있는 하늘이 내린 절호의 기회로 생각했습니다. 희망에 부푼 링컨은 미드장군에게 작전회의를 열지 말고 즉각 리 장군을 공격하라고 명령했습니다.

그런데 미드 장군은 받은 명령대로 하지 않고 그것과는 반대로 행동을 취했습니다. 즉 그는 작전회의를 소집하고 망설이며 시간을 지연시켰으며, 여러 가지 구실을 내세워 리 장군을 공격하는 것을 정면으로 거부했습니다. 결국 강물은 줄어들었고 리 장군은 병력과 함께 포토맥 강을 건너 무사히 퇴각 할 수 있었습니다.

링컨은 격노하여 '빌어먹을! 이게 도대체 어찌된 일인가? 적은 독안에든 쥐였는데…… 이 참에 리 장군의 군대를 격파시켜 전쟁을 조기에 끝 낼 수 있는 기회였는데 대관절 어찌된 일이냐' 하고 소리쳤습니다. 매우 낙담한 심정으로 링컨은 책상 앞에 앉아 미드 장군에게 편지를 썼습니다. 이때의 링컨의 말씨는 매우 조심성이 있었으나 이 편지는 어지간히 화가 나서 쓴 것임에 틀림이 없을 것입니다. 그러나 미드 장군은 그 편지를 받지 못했습니다. 링컨은 그 편지를 보내지 않았기 때문입니다. 그 편지는 링컨이 죽은 후 그의 서류함 속에서 발견 되었던 것입니다.

전쟁 중에 대통령의 명령에 불복종한 장군은 파면되거나 직위해제를 당하는 것이 상식입니다. 그러나 링컨은 그렇게 하지 않았습니다. 링컨은 독안의 쥐를 놓쳤다며 몹시 격노했지만, 그를 문책하거나 비난하지 않았습니다. 당시 북군은 승승장구하는 추세였지만, 게티스버그 전투는 매우 참혹했던 전투였습니다. 그것을 알고 있는 링컨은 현지 사령관에도 그럴 수밖에 없었던 사정이 있었을 것이라고 역지사지(易地思之)로 이해하려고 했기 때문입니다. 그는 미드장군에게 보내는 편지를 쓰는 것으로 그 분노를 삭이고 편지는 보내지 않았습니다. 왜냐하면 신랄한 비난과 질책은 대개의 경우 아무 소용이 없음을 깨달았기 때문입니다. 여기에 링컨의 위대한 관용의 정치를 읽을 수 있습니다.

우리는 사람들을 비난하기 전에 그들을 이해하려고 노력해야 합니다. 그들이 왜 그런 행동을 했을까 하고 처지를 바꿔서 생각해 보는 것이 비판보다는 훨씬 유익한 결과를 가져옵니다. 사실 비판은 상대방을 방어적 입장에 서게 하고, 그 사람으로 하여금 자신을 정당화 하도록 안간힘을 쓰게 만들 뿐만 아니라, 한 인간의 소중한 자존심에 상처를 입히고 원한을 불러일으키기 때문입니다.

48

지혜롭게 살기 위해 공부하자

- 솔로몬왕의 명판결 -

유태나라 제3대 왕인 솔로몬에게 어느 날 두 여자가 왕을 찾아와 공정한 판결을 구했습니다. 한 여자가 자기 아들을 찾아 달라고 울면서 애원했습니다.

"임금님, 우리는 다 같이 한 집에 살고 있습니다. 최근에 우리는 모두 아들을 낳았는데, 제가 아이를 낳은 지 3일 만에 이 여자도 아기를 낳았습니다. 그때 집안에는 아무도 없었고 우리 둘만 있었습니다. 그런데 어느 날 밤에 이 여자가 잠을 자다가 자기 아들을 깔아뭉개 죽이고 말았습니다. 그러자 이 여자는 밤중에 일어나 내가 잠을 자는 사이에 내 곁에 누워 있는 내 아들과 죽은 자기 아들을 바꿔쳤습니다. 다음 날 아침에 일어나 젖을 먹이려고 보니 아이가 죽어 있지 않겠습니까. 날이 밝은 후 자세히 살펴보니 그 아이는 내 아들이 아니었습니다." 그때 다른 여자가 소리치며 말했습니다.

"그것은 거짓말이야. 산 아기가 내 아들이고 죽은 아이가 네 아기야." 라고 우겨댔습니다. 그러자 이번에는 처음 여자가 "아니야, 죽은 아기가 네 아들이고 산아기는 내 아들이야." 하며 왕 앞에서 말다툼을 벌렸습니다. 두 여인의 말다툼을 보고 있던 솔로몬 왕은 이윽고 말문을 열었습니다.

"이것은 끝이 없는 싸움이구나. 서로 산 아기가 자기 아들이요, 죽은 아기는 다른 사람의 아들이라고 주장을 하니 증인도 없는 이 싸움을 어떻게 판결을 하겠느냐."

그러면서 칼을 가져오게 한 후 신하에게 이렇게 명령을 했습니다.

"산 아기를 둘로 잘라서 한 쪽씩 나누어 주어라."

그러자 처음 말한 여자가 달려 나와 가슴 찢어지는 듯한 소리로

"안 됩니다. 제발 그 아기를 죽이지 말고 저 여자에게 주십시오."

하며 울면서 왕에게 매달렸습니다. 그러자 다른 여자는

"좋습니다. 어차피 저 여자의 아기도 내 아기도 안 될 바에야 차라리 둘로 나누어 가지는 것이 옳습니다." 하며 싸늘하게 말하는 것이었습니다.

이때 비로소 솔로몬 왕은 "그 아기를 죽이지 말고 아기를 살려달라고 애원하는 저 여자에게 주어라. 그녀가 저 아기의 진짜 어머니다." 라고 판결하고는 마음씨 나쁜 다른 한 여자를 잡아 가두었습니다.

이 이야기는 〈구약성서〉에 적혀 있는 사건으로 지금으로부터 약3천 년 전에 있었던 일입니다. 솔로몬 왕은 아무도 생각해 내지 못하는

참으로 희한하고도 뛰어난 명 판결로 진짜 어머니를 가려냈습니다. 그 시대에 이런 지혜로운 임금이 있었다니 그저 감탄 할 뿐입니다. 솔로몬왕은 지혜로써 그 이름을 온 세상에 떨친 왕입니다. 그는 많은 글을 남겼는데, 그 중에 구약성서에 수록되어 있는 잠언(지혜의 글)은 너무도 유명합니다. 사람들이 지혜롭고 의롭게, 공정하고, 정직하게, 행할 일에 대하여 훈계한 것으로, 후세 사람들에게 사람으로서 지켜야 할 법도를 집대성한 글입니다. 3천편이 넘는 이 잠언은 명언 중의 명언으로 오늘날에도 수많은 사람들에게 읽히고 있으며 깊은 감명을 주고 있습니다. 지혜는 인간의 으뜸가는 덕으로 동서고금의 위대한 스승들이 한결 같이 지혜를 강조했는데 도대체 지혜란 무엇을 말하는 것일까요?

지식과 지혜는 비슷한 것 같지만 차원이 다릅니다. 지식은 낮고 지혜는 높습니다. 세상에 지식이 있는 사람은 많지만, 지혜가 있는 사람은 적습니다. 지식이 많은 사람을 우리는 학자(學者)라고 일컫고. 지혜가 많은 사람은 현인(賢人)이라고 부릅니다. 학자는 세상에 부지기수로 많지만, 현인은 새벽하늘의 별처럼 드뭅니다. 지식은 어떤 사물에 관해서 우리가 알고 있는 내용을 말하지만, 지혜는 인생의 올바른 종합적 사리 판단력 입니다. 인생의 모든 일에는 하나의 원리원칙이 있고, 올바른 길이 있고, 중요한 핵심이 있고, 질서와 본질이 있습니다. 그것을 바로 아는 것이 지혜입니다. 지혜는 인생의 진로를 명시하는 방향타(方向舵)요, 나침반이요, 조명등입니다. 지혜는 경험에서 얻어지고 사색에서 생겨납니다. 우리는 지혜의 인간이 되기 위하여 많이 보고 많이 들고 항상 갈고 닦아야 합니다.

지혜는 양심의 토대와 인격의 기초 위에서 건설되는 실천적 지식입니다. 바로 보고(正見), 바로 생각하고(正思), 바로 깨닫고(正覺), 바로 행할 때(正行)에 진정한 지혜의 인간이 될 수 있습니다. 바른 마음을 가지고 항상 배우고 공부하며 매일 수양을 쌓아가는 사람만이 지혜의 덕을 가질 수 있습니다.

49

욕심은 불행을 낳는다

- 아라비아인의 계산법 -

옛날 아라비아 상인이 죽음을 앞두고 사랑하는 자식들을 불러놓고 이렇게 유언을 남겼습니다. '내 재산이라곤 낙타 17마리뿐이다. 맏아들은 그것의 반을, 둘째아들은 그것의 3분의 1을, 그리고 막내아들은 그것의 9분의 1을 갖도록 하라.'

그 후 삼형제는 아버지가 남기고 간 재산을 가지고 옥신각신 싸움을 벌였습니다. 문제는 17마리의 낙타를 가지고 어떻게 그와 같은 비율로 나누어 가질 수 있느냐 하는 것입니다. 맏아들은 17마리의 반으로 9마리를 갖겠다고 주장했지만 동생들은 9마리는 2분의 1이 넘으니까 안 된다고 반대했습니다. 둘째 아들은 6마리를 가져야 한다고 고집했지만, 맏형과 막내 동생은 5마리밖에 줄 수 없다고 버텼습니다. 또 막내아들은 2마리를 가져야 한다고 굽히지 않았습니다. 그러나 두 형은 17마리 중 2마리는 9분의 1을 초과하기 때문에 안 된다고 고집했습니다. 삼 형제가 자기주장만 내세우면서 서로 양보하지 않아 싸움은 오래 계속 되었고 형제간의 사랑은 깨지고 깊은 상처만 입게 되었습니다. 그러던 어느 날 지나가던 나그네가 형제들이 심하게 다투는 광경을 보고 그 사연을 자세히 듣고는 잠시 생각에 잠기더니 빙그레 웃으며 이렇게 하면 어떻겠는가고 해결방안을 제시하였습니다. "내가 타고 온 낙타 한 마리를 당신들에게 들이겠소. 그러면 17마리에서 18마리가 될 것이오, 맏형은 그 2분의 1에 해당하는 9마리를 가지시오. 둘째 아들은 그 3분의 1에 해당하는 6마리를 그리고 막내아들은 그 9분의 1에 해당하는 2마리를 가지시오. 그러면 당신들이 주장하는 대로 될 것이 아니겠소."

나그네가 일러 준대로 처리하고 보니까 모두 만족하게 되었을 뿐만 아니라, 오히려 한 마리가 남게 되었습니다. 그제야 삼 형제는 자기들의 잘못을 크게 뉘우치고, 지혜로운 나그네에게 진심으로 감사하면서 남은 한 마리를 되돌려 주었습니다.

이 이야기는 사람이 욕심에 눈이 어두워지면 얼마나 어리석은 바보로 전락하는 지를 여실히 보여주는 교훈적인 일화 입니다. 서로가 위하는 마음으로 조금씩 양보했던들 그토록 깊은 마음의 상처를 주는 다툼은 일어나지 않았을 것입니다. 그들은 수학적 계산 방법으로는 해결할 수 없는 재산 분배에 따른 아버지의 유언의 참 뜻을 헤아려 보려고 애썼어야 옳았습니다. 세상에 아버지가 죽으면서까지 형제끼리 싸우게 하려고 유산을 물려주지는 않았을 것 아닙니까. 아버지는 삼형제가 무리 없이 나누어 갖는 그 지혜를 보기 원 했고 또 서로 양보함으로 화목하게 사는 형제들이 되기를 원했을 것입니다. 그러나 욕심은 그들의 눈을 어둡게 하였고 마음을 흐리게 했습니다. 욕심의 노예가 되어 형제끼리 싸움을 하는 동안 명철한 판단은 흐려지고 무리한 행동을 하게 된 것입니다. 그저 자기들이 요구한 숫자를 합쳐만 보았어도 간단히 해결될 수 있는 문제였는데도 말입니다.

우리는 욕심을 경계해야 합니다. 내가 가져야 할 것이 있고 가져서는 안 되는 것이 있습니다. 내가 가져서는 안 될 것을 무리하게 가지려고 하는데서 불행이 찾아오게 되는 것입니다. 욕심을 버리고 순리대로 살아갑시다. 우리는 자기의 분수를 알고 분수를 지키고 분수에 맞게 생활해야 합니다. 자족할 줄 알 때 행복은 찾아오는 것입니다.

50

그런 규정이 없습니다

- 융통성 없는 관리들 -

영국의 처칠 수상이 하루는 국회에 나가 연설을 하게 돼 있었는데, 다른 일로 제 시간에 출석하기가 어렵게 되었습니다. 그래서 운전수에게 신호를 무시해도 좋으니 속력을 내라고 했습니다. 그러나 금방 교통순경이 달려와 차를 세웠습니다. 운전수는 '수상각하의차요, 국회에 가는 길인데 시간이 늦어서 그러는 거요' 하며 당연하다는 듯이 말했습니다.

그 말을 들은 교통순경은 뒷자리에 앉아 있는 처칠을 한번 힐끗 보면서 '수상각하를 닮긴 했는데 처칠 경 같은 분의 차가 교통위반을 할 리가 없소. 당신은 교통위반에다가 거짓말까지 하는군. 면허증을 내놓고 내일 당장 경찰서로 출두하시오' 라고 말하는 것이었습니다. 처칠 수상은 교통순경의 직무를 수행하는 엄격한 태도에 깊은 감명을 받았습니다. 그래서 경시 총감을 불러 그 고통 순경을 한 계급 특진시켜 주라고 지시했습니다. 그러자 경시총감은 '경찰조직법에 그런 규정이 없어서 특진을 시킬 수 없습니다.' 라고 딱 잘라서 거절을 하는 것이었습니다. 처칠 수상은 두 번째도 감명을 받았습니다. 그는 '오늘은 경찰한테 두 번씩이나 당하는 군' 하며 아주 만족스럽게 웃음을 지었습니다. 그 경찰에 그 수상이라는 생각이 듭니다.

한 때는 지구의 반가량을 식민지로 삼았던 영국이 그 많은 식민지를 다 잃고 난 현재까지도 대국으로 버티고 있는 저력이 바로 이런 데서 나왔던 것입니다. 이처럼 사명감에 투철한 경찰과 그것을 당연한 일로 받아들이는 수상이 있었기에 영국이 세계에서 가장 안정된 민주주의를 누리고 있는지도 모릅니다. 원칙이란 것은 원래 융통성이 없습니다. 융통성을 발휘하다보면 예외가 생기고 예외가 생기면 원칙이 무너집니다. 그리고 원칙이 무너지기 시작하면 어느 사회나 걷잡을 수 없는 무질서를 맞이하게 됩니다. 원칙을 지키는 융통성 없는 경찰관은 이 세상을 썩지 않게 하는 소금과 같은 존재입니다.

그런데 우리나라에는 이 보다 훨씬 더 융통성 없는 관리가 있었습니다. 영조 때의 일입니다. 어느 날 왕을 호위하여 성균관에 행차 중이던 훈련대장의 말이 무엇에 놀랐는지 갑자기 발광을 하여 그만 하마비 앞을 그대로 통과한 일이 있었습니다. 하마비(下馬碑)라면 성현의 신위를 받드는 의미에서 누구나 그 앞에 다다르면 말에서 내려 경건하게 걸어가도록 되어 있는 비석입니다. 당시 성균관의 책임자였던 서유망(徐有望)은 크게 노하여 훈련대장을 붙들어다가 하인들 방에

다 가두어 버렸습니다. 다시 궁으로 돌아가야 하는데 그 행차를 호위할 훈련대장이 갇혀 있으니 난감한 일이 아닐 수 없었습니다. 그래서 왕은 도승지를 서유광에게 보내 훈련대장의 죄는 나중에 묻기로 하고 우선 석방시켜 달라고 부탁을 했습니다. 그러자 서유망은 정색을 하고 '비록 어명이라 할지라도 죄 지은 자를 놓아 보낸다는 것은 법도에 어긋나는 일이니 그리 할 수가 없습니다.' 하고 거절을 하는 것이었습니다.

다급해진 왕은 서유망의 당숙이며 당시의 좌의정이던 서수매를 보내 재차 부탁을 했습니다. 그러자 서유망은 아랫사람을 시켜 당장 종이와 붓을 가져오게 하더니 사직서를 쓰는 것이었습니다. '소신이 법을 어길 수도 없고 그렇다고 어명을 거역할 수도 없으니 차라리 이 자리에서 관직을 내어 놓겠습니다.' 이 말을 들은 영조는 크게 깨달은 바가 있어 호위대장 없이 그냥 궁으로 돌아갔습니다. 그리고는 서유망의 관직을 한 등급 올려 주도록 했습니다. 과연 그 신하에 그 임금이라 할 만한 일화가 아닐 수 없습니다.

원칙을 고집하고 도무지 융통성이 없는 사람 같지만, 이런 사람들의 철저한 준법정신으로 사회는 건전하게 유지는 것입니다. 이처럼 원칙을 지키고 사명감에 투철한 사람들이야 말로 국법 파수꾼입니다. 법은 사회의 공동 약속입니다. 서로의 안녕과 질서와 복지를 위해서 꼭 지키자고 약속한 것입니다. 약속을 한 이상 절대로 지켜야 합니다. 혹 법이 자기에게 불리하거나 만족하지 않을 수도 있습니다. 세상 모든 사람이 모두 만족스러워하는 법이란 없습니다. 소크라테스의 말대로 비록 악법이라 해도 그 법이 다시 고쳐질 때 까지는 지켜야 하는 것이 국민 된 의무입니다.

한 사회가 바람직한 사회, 부강하고 번영된 사회, 안심하고 살아갈 수 있는 질서사회가 이루어지려면 국민 모두가 법을 사회의 존엄한 공동약속이라고 확신하고, 그 약속을 꼭 지키겠다는 확고한 마음의 자세가 필요합니다. 이러한 확신과 자세가 확립되어 있을 때 우리가 지향하는 살기 좋은 이상적인 민주복지국가가 이루어지게 되는 것입니다.

51

평안감사도 저 싫으면 그만이다

- 심프슨과 양녕대군 -

1936년 영국 국왕 에드워드 8세는 심각한 고민에 빠지고 말았습니다. 36년 1월 아버지 조지 5세의 뒤를 이어 왕위에 오른 그는 사교모임을 통해 알게 된 미국인 심프슨 부인과 깊은 사랑에 빠져 그와 결혼하려고 하였으나 난관에 부딪혔기 때문입니다. 왕실의 전통은 이혼 경력이 있는 여성을 왕비로 맞아들일 수 없게 되어 있었습니다. 뿐만 아니라 내각과 국민들의 반대가 만만치 않았습니다. 그는 왕관과 심프슨부인 둘 중에 하나를 택해야 할 처지에 놓이게 되었습니다.

에드워드 8세는 왕위에 오른 지 일 년도 못되는 12월에 결국 심프슨 부인을 택했습니다. 왕관을 버리고 윈저공이라는 평범한 귀족으로 내려앉아 1972년 죽을 때까지 주로 프랑스에서 살다가 행복한 생애를 보냈습니다. 당시의 영국 국민들 가운데는 아마도 에드워드8세의 국왕

답지 못한 행위에 분노를 느낀 사람들도 많았을 것입니다. 반면에 왕관보다는 사랑을 택한 그의 인간적인 면모에 박수갈채를 보낸 사람들도 적지 않았을 것입니다.

왕관을 마다한 사람은 우리 역사에서도 찾아 볼 수 있습니다. 양녕대군이 바로 그 사람입니다. 양녕대군은 원래 시와 술을 즐기고 놀기를 좋아하는 풍류 기질의 왕손이었습니다. 태종의 맏아들로 태어났으니 꼼짝없이 왕통을 이어야 할 팔자 였지만, 양녕에게는 골치 아픈 임금 노릇을 할 생각이 손톱 만큼도 없었습니다. 거기에다 또 태종은 막내 동생인 충녕대군을 지극히 사랑하여 은연중에 그 쪽에다 왕위를 물려주었으면 하는 눈치를 보이고 있었습니다. 마음을 작정하자 양녕은 미치광이 행세를 하며 더욱더 술을 마시고 노는 일에 열중 하였습니다 결국은 대관들이 들고 일어나 대궐에서 쫓겨나게 되고 왕위는 충녕에게 돌아갔습니다. 이 분이 바로 임금 중의 임금 세종대왕이라는 것은 너무나도 잘 알려진 사실입니다. 양녕대군은 평생 동안 아무 근심 없이 경치 좋은 곳을 찾아다니며 시와 술을 벗하며 즐겁게 살았습니다. 세종대왕과의 우애도 두터웠다고 합니다. 바로 이러한 일을 두고 '평안감사도 저 싫으면 그만' 이라는 말이 생겼습니다. 모든 벼슬아치들이 꼭 한번 해보고 싶어 하는 평안 감사도 사람에 따라서는 소가 닭 보듯이 할 수 있다는 이야기입니다.

이 이야기는 우리들에게 참으로 중요한 것을 시사해 주고 있습니다. 자기 인생에 있어서는 자신이 주인인데, 이 두 사람처럼 그 인생의 주인답게 자기가 원하는 삶을 살고 있느냐는 점입니다. 사실 그 인생은 누구한테나 단 한번밖에 주어지지 않는 유일무이한 기회입니다. 그만큼 귀중한 기회이기 때문에 사람들은 저마다 가장 보람 있는 삶을 살고자 온갖 노력을 기울이고 있습니다. 그 차이는 어디서 오는 것일까요?

그것은 한마디로 자기가 원하는 삶을 선택하지 못한 채 어영부영 살아가고 있기 때문입니다. 물론 세상사는 일이 자기 뜻대로 살아가기는 힘든 일이지만, 최소한 자기가 하고 싶은 일을 하면서 자기가 원하는 삶을 살아가도록 노력해야 하지 않겠습니까? 이제 나도 과연 내 인생의 주인 구실을 하고 있느냐 저마다 자문자답해 볼 필요가 있습니다.

나는 나의 인생의 주인이요 운명의 주인입니다. 남이 나의 인생을 살아줄 수 없고, 내가 남의 인생을 살아줄 수 없습니다. 내 인생은 내가 살고 내 운명은 내가 개척해야 합니다. 따라서 주인 된 자는 자기 인생에 대하여 책임을 느끼고 정성을 다하여 행복하게 살아야 할 의무와 책임이 있습니다.

52

불행한 사람이 왜 많은가

- 행복을 찾는 지혜 -

옛날에 어떤 할머니가 아들 형제를 두었는데 큰 아들은 맑은 날에 신는 신발 장사를 하였고, 작은 아들은 비 오는 날에 신는 나막신 장사를 하였습니다. 그러므로 그 할머니의 얼굴은 언제나 주름살 펴질 날이 없었습니다. 왜냐하면 날씨가 좋으면 작은 아들의 나막신이 팔리지 않아 걱정이고, 비가 오면 큰 아들의 신발이 팔리지 않아 걱정이 되었기 때문입니다. 이웃에 사는 지혜로운 할아버지가 그 광경을 보고 안타깝기 짝이 없어서 할머니에게 물었습니다. "어찌하여 할머니는 날마다 오만상을 찌푸리고 계시오?"

"생각해 보세요. 비가 오면 큰 아들 장사가 안 되어 걱정이고, 날이 맑으면, 작은 아들 장사가 안 되어 걱정이니 어떻게 주름살 펴질 날이 있겠어요?"

지혜로운 할아버지는 그 말을 듣고 웃으며 말했습니다.

"그것은 마음을 잘못 먹었기 때문인 것을 아셔야 합니다. 날이 개면 큰 아들의 장사가 잘 돼서 좋고, 비가 오면 작은 아들의 장사가 잘 돼서 좋은데 어째서 좋은 점은 버리고 나쁜 면에서 생각함으로써 언제나 불행하게 사신단 말이오? 할머니는 마음만 바꾸면 언제든지 행복하게 사실 수 있을 것이오."

그렇습니다. 참으로 지혜로운 충고입니다. 마음 하나만 고쳐먹으면 불행은 얼마든지 행복으로 전환될 수 있다는 것을 일깨워 준 것입니다.

행복은 모든 사람들이 간절하게 추구하는 소원입니다. 누구나 행복하게 살기를 원합니다. 아마도 행복을 원치 않는 사람은 이 세상에 아무도 없을 것입니다. 그래서 모든 사람들이 나름대로 행복을 열심히 추구하는 데도 이 세상에는 행복한 사람보다 불행한 사람이 더 많아 보입니다.

어느 심리학자가 오랫동안 불행한 사람으로부터 인생 상담을 받아 왔는데, 상담하려고 찾아왔던 사람들은 대부분 행복을 누릴 수 있는 조건을 갖추고 있는 사람들이었음에도 불구하고 스스로가 불행하다고 생각하고 있었다는 것입니다. 그러면 행복할 수 있는 사람들이 무엇 때문에 자기 자신을 불행하다고 생각하게 된 것일까요? 그 원인은 지극히 간단합니다. 그들은 그릇된 행복관으로 해서 자기 자신 안에서 행복을 찾아낼 수 있는 지혜가 부족했기 때문입니다.

행복하게 살려면 낙천적인 마음가짐과 분수를 지키는 마음가짐으로 살아가야 합니다. 모든 것을 긍정적으로 생각하고 감사하는 마음으로 살아가면 세상은 훨씬 밝아 보이며 살맛나는 세상으로 보이게 됩니다. 또 분수를 지키고 자기생활에 만족할 줄 알아야만 행복해질 수 있습니다. 자기의 분수를 망각하고 지나친 행동을 하면 반드시 불행과 파멸을 가져옵니다. 내가 가진 것에 만족 할 줄 알아야 행복은 찾아오는 것입니다.

행복은 바란다고 얻어질 수 있는 요행의 선물이 아닙니다. 행복은 나의 의지, 나의노력, 나의 정성과 피 땀으로 얻어지는 결과입니다. 그렇기 때문에 행복은 추구하는 것이 아니라 창조하는 것입니다. 우리 모두가 행복을 창조하기 위해 저마다 바쁘게 움직이고 있습니다. 그러나 분명한 것은 행복은 자기 마음가짐여하에 따라서 결정된다는 사실을 깊이 인식하고 밖으로부터 얻으려 하지 말고 자기 안에서 찾는 지혜가 있어야 합니다.

53

사태를 역전시켜 위기를 모면한다

- 재치 있는 임기응변 -

프랑스의 황제 루이 11세는 봉건 세력들을 몰아내기 위한 방법으로 우매한 백성들에게 얼토당토않은 말을 지껄여 사회에 불안감을 조성하는 예언자들을 잡아들이기로 했습니다. 그 첫 번째 케이스로 불길한 예언으로 백성들을 미혹시키는 예언자를 붙잡아 황제가 직접 신문을 했습니다.

"네 놈이 다른 사람들의 운수를 잘 알아서 예언한다고 하는데 그게 사실인가?"

"네, 저의 예언은 지금까지 한 번도 빗나간 적이 없는 줄로 압니다."

"그래? 그럼 네 자신의 운명이 어떨지도 잘 알고 있겠군."

"사실은 폐하, 저의 운명은 전혀 모르고 있습니다."

"흥 그렇겠지. 자기 자신의 운명도 모르는 주제에 남의 운명에 대해서 함부로 지껄이고 다니다니. 네 죄를 네가 알렷다."

사태가 이쯤 되자 예언자는 겁이 덜컥 났습니다. 당장 죽게 되었으니 무리가 아니었습니다. 그러나 예언자는 곧 임기응변의 재치 있는 꾀를 생각해 냈습니다.

"하오나 폐하, 저의 운명은 전혀 모르오나 한 가지 확실히 아는 것이 있습니다. 그것은 다만 저는 폐하께서 승하하시기 사흘 전에 죽으리라는 사실입니다."

"뭐라고?"

루이 11세는 아무 말 없이 이 예언자를 돌려보냈습니다. 루이 11세가 오래 살고 싶다면 자기보다 사흘 전에 죽게 된다는 그 예언자를 죽일 수가 없었던 것입니다.

또 이런 이야기도 있습니다.

어느 고급 공무원 한 사람이 대통령에게 그의 전문 분야인 업무 현황을 브리핑하고 있었습니다. 참으로 오랫동안 연구 검토하여 계획한 중대한 일로서 이제 대통령의 재가만 떨어지면 일사천리로 밀고 나갈 마지막 단계였습니다. 그런데 대통령은 갑자기 뚱딴지같은 발언을 했습니다. 그 말에 휘말렸다가는 그토록 노력한 일이 낭패가 될 위기의 순간이었습니다. 그때 그 공무원은 겸손하면서도 힘 있는 어조로 대통령의 눈을 보면서 분명하게 말했습니다.

"각하! 이 분야만큼은 제가 전문가입니다."

이 한마디가 일의 낭패를 막았을 뿐만 아니라, 소신 있는 사람으로 평가되어 장관으로 발탁되는 영광까지 누렸다고 합니다.

실로 재치 있는 임기응변이란 생명을 건질 수 있는 힘이 있고, 자기를 최대한으로 나타낼 수 있는 기회를 부여하는 순간적인 재치입니다.

사람이 살다보면 뜻밖의 상황으로 위기를 맞게 될 때가 자주 생겨납니다. 이런 때의 그 위기의 순간을 임기응변으로 재치 있게 사태를 수습하는 기술이 곧 사업의 성패를 좌우하기도 합니다. 한 마디의 임기응변의 말이 사람의 목숨을 살리고, 또 사태를 역전시켜 위기를 모면하게 합니다. 이렇듯 임기응변이란 주어진 상황 속에서 탈출구를 찾는 재치의 화술입니다.

54

행복은 내 마음 속에 있다
- 마음 속의 보석 -

남아프리카의 어느 마을에 농가가 한 채 있었습니다. 그 주인은 맨손으로 시작해서 상당히 많은 재산을 모아 외동딸과 함께 행복하게 살고 있었습니다. 그 집에는 많은 나그네들이 찾아왔는데, 그들은 하룻밤을 묵으면서 각지에서 보고들은 재미있는 이야기를 들려주고는 다시 길을 떠나곤 했습니다. 그런데 그 집을 자주 찾아 왔던 나그네가 한 번은 주인에게 이런 이야기를 했습니다.

"이 근처에 다이아몬드 광맥이 있다는 소문이 나돌고 있습니다. 만일 그 광맥을 찾을 수 있다면 어마어마한 부자가 되어 딸을 왕자와 결혼 시킬 수도 있을 거예요."

이 말을 들은 주인은 밤새 고민 끝에 집을 팔고 다이아몬드 광맥을 찾아 나서기로 마음먹었습니다. 몇 년이 지난 후에 다이아몬드 이야기를 했던 그 나그네가 다시 그 농가를 찾아 왔는데, 하인으로 보이는 사람이 나와서 집에는 아무도 없다고 전했습니다. 그 나그네가 인사를 하고 돌아서려는데 집안에 있는 벽난로가 눈에 띄었습니다. 자세히 살펴보니 다이아몬드 원석으로 만든 것이었습니다.

"주인은 드디어 보석을 찾아내셨군요?"

나그네가 감회에 젖어 말 하자, 하인은 의아한 표정을 지으며 대답했습니다.

"도대체 무슨 말씀이십니까? 이 집은 주인이 여러 번 바뀌어서 당신이 아는 사람이 아닐 텐데요?"

"그러면 저 난로의 돌은 뭐예요?"

"저건 뒤뜰에서 가져온 돌이예요."

그 집 주인은 아무것도 모르고 다이아몬드 원석으로 벽난로를 만든 것입니다. 그리고 다이아몬드를 찾아 떠난 원래 주인은 어디로 갔는지 생사조차 알 수가 없었습니다.

〈뒷마당의 다이아몬드〉라는 책에 나오는 이야기로, 사람들이 자기 안에 있는 보석을 찾지 않고 밖에서 보석을 찾아 헤매는 어리석음을 경계하여 깨우쳐 주려는 교훈적인 예화입니다.

이 이야기 속에 나오는 보석이란 무엇을 뜻하는 것일까요? 인간의 궁극적인 목적은 행복하게 사는데 있습니다. 그래서 모든 사람들은 나름대로 행복을 열심히 추구하고 있습니다. 그런데도 불구하고 이 세상에는 행복한 사람들 보다 불행한 사람들이 더 많은 건 무슨 까닭일까요? 행복한 사람들 보다 불행한 사람들이 더 많은 것은 인생의 불가피

한 운명일까요, 아니면 그릇된 행복관을 가진 사람들이 많기 때문일까요, 그것도 아니면 행복을 추구하는 방법과 지혜가 부족해서 그럴까요?

그 책을 쓴 작가는 '행복은 먼 곳에 있는 것이 아니라, 자기 집에 있다'는 것을 우리들에게 말하고 있습니다. 일찍이 공자는 '길은 가까운 데에 있다'고 했습니다. 행복은 가까운 곳에 있다는 것입니다. 그러나 사람들은 행복을 가까운 곳에서 찾지 않고 먼 곳에서 찾으려하는 잘못된 사고방식을 깨우쳐 주려는 것이 아닐까요.

행복은 먼 곳에 있는 것이 아니라, 자기 집에 있다는 것이요, 자기 마음속에 있다는 것입니다. 우리는 행복을 먼 곳에서 찾지 말고 가까운 곳에서 찾아야 합니다. 높은 곳에서 찾지 말고 나의 생활 속에서 내 가정에서 찾아야 합니다. 낙천적이고 긍정적인 마음가짐에서 찾아야 하고, 분수를 지키고 만족할 줄 아는 마음가짐에서 찾아야 하는 것입니다.

55

독창적인 발상이 성공으로 이끈다

- 유태인의 돈 버는 법 -

어느 날 두 젊은 유태인이 은행을 찾아 왔습니다. 그들은 대출창구 앞에서 직원들에게 이렇게 말했습니다.

"우리는 대출을 받고 싶습니다."

은행직원은 그들의 옷차림부터 살펴봤는데 멋진 양복에 고급 가죽 구두를 신었고 비싼 손목시계를 차고 있었습니다. 돈이 많아 보이는 그들이 돈을 빌린다니 이상했습니다. 하지만 직원은 망설이지 않고 대답해 주었습니다.

"그렇습니까? 필요하신 금액은 얼마입니까?"

"1달러입니다."

"네? 1달러라고요?"

"맞습니다. 가능하겠습니까?"

"담보만 있다면 얼마를 빌리든 상관없습니다."

곧 이어 두 젊은 유태인은 엄청난 증권과 채권을 가져와 은행 직원의 책상위에 올려놓았습니다.

"모두 50만 달러에 해당합니다. 이만하면 담보로 충분한가요?"

"아, 물론입니다. 그런데 정말로 1달러만 빌리겠습니까? 원하신다면 더 많이 빌려 드릴 수 있는데요. 예를 들면 30만 달러에서 40만 달러까지는 대출이 가능합니다."

"아뇨, 괜찮습니다. 우리는 1달러만 빌리겠습니다."

일을 마치고 두 사람이 은행 문을 나서려는데 대출담당 직원이 궁금증을 참지 못하고 물었습니다. "저기, 정말 이해가 안 가는데요. 두 분은 50만 달러를 가지고 왜 1달러만 대출하시는 겁니까?"

그러자 젊은 유태인이 말했습니다.

"저희가 이 은행에 오기 전에 다른 은행에서 개인 금고 사용에 대해서 물어봤습니다. 그런데 그 보관료가 상당히 비싸더군요. 가만히 생각해 보니 1달러의 대출을 받으면 1년에 6달러만 내면 되니 여기처럼 싼 금고가 어디 있겠습니까?"

이 이야기는 꾸며낸 것이 아닌가 싶지만, 적게 투자하고 많은 이익을 얻으려는 유태인 특유의 돈 버는 법을 소개한 것으로, 유태인의 독창적으로 사고하는 일면을 보여주고 있습니다. 하지만 어딘지 간교한 상술 같아서 씁쓸한 마음이 듭니다.

이 같은 생각이 드는 것은 유태인은 수전노라는 편견이 있기 때문입니다. 유태인은 돈을 벌기 위해서는 수단과 방법을 가리지 않는다는 일반적인 통념이 유태인을 나쁜 사람이라는 인상을 갖게 만들었지만, 희곡 〈베니스의 상인〉에 나오는 유태인 샤이록처럼 수전노는 아닙니다. 유태인은 돈을 열심히 벌기도 하지만, 돈을 가장 효과적으로 쓸 줄 아는 민족이기도 합니다. 그렇기 때문에 그들은 돈에 관한 한 어느 나라 사람들 보다 일찍부터 상재(商材)에 뛰어 났습니다.

어쨌거나 유태인이 오늘날 세계의 부(富)를 차지하고 있다는 사실은 이 같은 유태인이 독창적으로 사고하는 습관이 만들어 냈다고 말할 수도 있을 것입니다.

유태인들이 남다른 독창적인 사고를 하게 된 배경에는 긴 세월 나라 없는 백성으로 삶을 살 수 밖에 없었던 민족의 이산생활이라는 쓰라린 경험이 있었기 때문입니다. 낯선 이국 땅에서 그것도 다른 민족의 모진 박해를 받아가며 살아야 하는 그들에게 경제적 자립만이 그들의 생존을 보장해 줄 수 있으리라는 것은 짐작하기 어렵지가 않습니다. 거기에서 터득한 생활의 지혜가 어떻게 서라도 악착같이 자립하려면 남과는 다른 독창적인 발상이 있어야 살아남을 수 있다는 생각이 독창적으로 사고하는 습관을 낳게 하였을 것입니다.

56

남의 장점을 독창적으로 활용하라

- 칵테일의 의미 -

어느 만찬 테이블에 중국인, 러시아인, 프랑스인, 이탈리아인, 독일인, 그리고 미국인이 둘러앉아서 자기 나라의 전통문화에 대해 자랑하고 있었습니다. 서로 자기나라의 문화가 우수하다며 다투었지만, 미국 사람은 아무 말 없이 웃고만 있었습니다.

이들은 결국 역사적으로 의미가 있는 사물로 겨뤄 보기로 하고 자기 나라의 대표적인 술을 가져오기로 했습니다. 먼저 중국 사람이 옛 향기 그대로 간직한 마오타이를 가져왔습니다. 병뚜껑을 열자 향기로운 술 향기가 사방에 퍼졌습니다. 이어 러시아 사람이 보트카를 가져왔고, 프랑스 사람은 샴페인을, 이탈리아 사람은 포도주를, 독일 사람은 위스키를 가져왔습니다. 다채로운 술이 나왔고 여러 가지 술이 뿜어내는 향기 때문에 사람들은 정신이 없었습니다. 마지막으로 미국 사람의 차례가 되었습니다. 모두의 시선이 미국 사람에게 맞춰져 그가 어떤 술을 내 놓을까 궁금해 하고 있었습니다. 미국 사람은 조용히 일어나서 모두가 가져온 술을 섞어 하나로 만들었습니다. 그리고 그가 웃으며 말했습니다.

"이게 바로 칵테일이지요. 우리 미국인의 핵심 정신을 상징합니다. 우리는 다양한 민족의 장점을 받아들이고 종합해서 새로움을 창조하지요. 우리는 언제든지 세계 문화를 받아들일 준비가 되어 있고 또 세계 문화의 진수를 보여줄 수 있습니다."

조금은 꾸며낸 우스갯소리로 들리지만, 이 이야기 속에 소중한 교훈이 들어 있습니다. 역사가 불과 200여년 밖에 안 된 나라가 세계 최고의 나라가 된 데는 필시 다른 나라를 뛰어넘는 그 무엇이 있었을 것입니다. 아닌 게 아니라 어느 대학에서 미국에서 성공한 백만장자 100명을 대상으로 성공요인을 조사했더니 하나의 공통점이 있었습니다. 그들은 상대의 장점을 솔직히 인정하고 그 장점을 자기 것으로 소화하려고 노력했다는 것입니다.

이렇듯 그들은 남의 장점을 알아보는 식견과 이를 흡수해서 독창적으로 활용하는 능력이 있었기 때문에 성공할 수 있었습니다. 어떤 사람은 이것을 보고 남의 것을 보고 모방하는 것이 대수냐고 말 할 지도 모릅니다. 그러나 이것은 당찮은 생각입니다. 우리는 그렇게 단정하기 전에 생각하지 않으면 안 될 것이 있습니다. 그것은 어떤 사람이든 한 문제를 놓고 이것을 해결하기 위해서는 그것과 같은 계통의 것을 찾아

구하지 않으면 안 된다는 것입니다. 아무리 훌륭한 발명이라도 아무리 좋은 소설이나 음악이라도 거기엔 반드시 무엇인가의 토대가 있는 법입니다. 예를 들어 우리들이 발명의 표본 같이 말하는 왓트의 증기기관만 하더라도 뉴커먼이 만든 증기기관을 본보기로 삼지 않았던들 생겨나지 않았을 것입니다. 그러므로 왓트 자신도 '나는 발명가는 아니다. 난 개량가이다'고 말 했듯이 모든 발명은 누군가가 연구해 낸 것을 토대로 하여 그것을 개량해 나가는 것입니다.

모방은 창조의 첫걸음입니다. 소설도 작곡도 남의 것을 연구하여 그것을 참고로 줄거리를 바꾸고 변곡을 해서 만든 것입니다. 이렇듯 제 아무리 독창적인 것이라 할지라도 그 시초에 있어서 조금은 모방함이 없이 이루어진 것이라곤 거의 없습니다. 지금 특허(特許)니 실용신안(實用新案)이니 하고 허가 되는 것의 90%까지가 다 과거의 특허나 실용신안을 변작(變作)한 것으로 알려져 있습니다. 열심히 공부하여 남의 장점을 흡수해서 독창적으로 활용할 수 있는 능력을 키워나가야 합니다. 아무튼 성공을 바라는 자는 당면한 문제에 관해서 여기저기서 선택의 자료를 많이 빌어오지 않으면 안 됩니다. 간요한 것은 '욕심쟁이 할멈'처럼 그대로 모방하지 말고 그것을 잘 소화하여 제 것으로 만들고 거기에 한두 가지 정도나마 자기의 독창을 가하는 일입니다.

제 6 부

더불어 함께 하는 삶

인생의 진정한 행복은 더불어 함께 하는 삶에 있습니다.

우리는 날마다 말과 인사를 나누고 물질과 돈을 나누고 지식과 정보를 나누고

또 사랑과 도움을 서로 나누면서 살아갑니다.

더불어 함께 한다는 것은 서로 서로 나눈다는 것입니다.

이것은 인생의 덕이요 엄청난 축복입니다.

우리는 순수한 마음으로 이웃들에게 무엇인가를 나누어 주는 사람이 되어야 합니다.

이웃 사랑은 남을 위한 것만이 아니라 자기 자신을 위하는 것이기도 합니다.

선행은 어디를 통해서든지 반드시 부메랑이 되어 되돌아오기 때문입니다.

57

남을 위하는 것이 자신을 위한 것이다

- 우유 한잔의 기적 -

　1880년 여름. 가가호호를 방문해서 이것저것을 파는 가난한 고학생이 있었습니다. 주머니에는 다임(10센트)하나 밖에는 없었고 그것으로는 마땅한 것을 사먹을 수도 없었습니다. 그렇게 하루 종일 방문 판매를 다니느라고 저녁이 되었을 때는 너무 지쳤고 배가 고팠습니다. 다음 집에 가서는 먹을 것을 좀 달라고 해야지 하면서 그 집 문을 두드렸습니다.

　이윽고 문이 열리고 예쁜 소녀가 나왔습니다. 젊은이는 부끄러워서 차마 배가 고프다는 말을 못하고 다만 물 한잔 만 달라고 했습니다. 그러나 그 소녀는 이 사람이 몹시 지쳐 있는 것을 보고 물 대신 큰 컵에 우유 한 잔을 내 놓았습니다. 젊은 고학생은 그 우유를 단 숨에 마셨습니다. 그리고 얼마를 드려야 하느냐고 물었으나 소녀는 그럴 필요가 없다고 말하면서, 엄마는 친절을 베풀면서 돈을 받아서는 안 된다고 하셨다며 사양 했습니다. 젊은이는 이 말에 큰 깨우침을 얻었습니다. 그로부터 수십 년이 지난 후 그 소녀는 중병에 걸렸는데, 그 도시의 병원에서는 감당할 수 없는 병이라 큰 도시의 전문의를 불러와야 고칠 수 있다고 했습니다. 그래서 오게 된 의사는 하워드 켈리박사, 그 소녀에게서 우유 한잔을 얻어 마셨던 바로 그 젊은이였습니다. 그때 방문 판매를 했던 그 고학생 하워드 켈리는 산부인과 분야의 독보적인 존재로 명문 존스 홉킨스 의과대학의 창설한 사람이기도 했습니다.

하워드 켈리 박사는 환자를 보고 단번에 그녀임을 알아봤습니다. 그리고 지금까지 개발된 모든 의료기술을 동원해서 그를 치료했습니다. 결국 부인과질환으로는 상당히 힘든 케이스였음에도 불구하고 마침내 치료에 성공했습니다. 하워드 켈리 박사는 치료비 청구서를 보냈습니다. 환자는 엄청나게 많이 나올 치료비를 생각하며 청구서를 뜯었습니다. 청구서에는 이렇게 적혀 있었습니다.

'한 잔의 우유로 모두 지불되었음.'

사람의 인연이란 참으로 묘한 것입니다. 물 한잔만 달라는 허기진 고학생에게 물 대신 우유를 내준 인정 많은 소녀의 작은 친절이 큰 보상으로 되돌아온 이 흐뭇한 실화는 우리로 하여금 친절의 의미를 다시 한 번 되새겨 보게 합니다. 비록 작은 친절이지만 순수한 마음에서 우러나온 친절은 그 고학생으로 하여금 두고두고 잊을 수 없는 고마움으로 남아 부메랑이 되어 돌아온 것입니다. 친절은 무엇보다도 순수해야 합니다. 어떤 다른 목적이 들어 있어서는 안 됩니다. 친절 그 자체가 목적이어야 합니다. 그래야 상대방에게 감동을 주고 신뢰하게 되어 고맙게 여기게 되는 것입니다. 이 이야기가 주는 교훈은 '이웃사랑은 남을 위한 것만이 아니라, 자기 자신을 위한 것이기도 하다'는 것입니다.

미국의 선교사 아더 스미스는 '당신의 친절이 다른 사람들에게 끼친 유쾌함은 훗날 반드시 당신에게 돌아올 것이며, 가끔은 이자까지 붙어서 되돌아오기도 할 것이다'고 했습니다.
베풀면 보상을 받게 된다는 것은 인간사회에서 흔히 볼 수 있는 일입니다. 다만 그 친절이 순수한 것 이었나 아니었나 의 문제가 있을 뿐입니다.

58

참된 행복은 나눔에 있다

- 나눔의 축복 -

철강왕 앤드류 카네기(1835~1919)는 미국의 기업가로 유명하지만, 자선사업가로 더 유명한 사람이었습니다. 가난한 직조공의 아들로 태어나 1848년 열세 살 때 미국으로 이민 와서 방직공, 전보배달원, 전신 기사등 여러 직업을 거친 뒤 펜실베니아 철도회사에 취직한 것이 계기가 되어 제철업에 진출하게 되었습니다.

당시 철도 건설이 급속하게 진척되던 때라 철도 건설자재 공급에 관심을 가지게 되어 제철업에 진출하였는데, 그는 카네기 제강소로 개편하면서, 역사상 처음으로 원료에서 완제품에 이르는 일관 생산 체제를 확립하여 주력제품인 레일을 생산하여 막대한 재산을 축적할 수 있게 되었습니다.

그 후 경영에서 은퇴한 그는 '부(富)는 신으로부터 맡겨진 것이며,

부자가 되어서 부자로 죽은 것은 불명예다'라며 그 재산을 후손에게 물려주지 않고 모두 사회에 환원하였습니다. 그가 사회에 환원한 돈은 자그마치 5억 달러에 달했는데, 지금 이를 입증하듯 피츠버그에 있는 공과대학을 주축으로 세워진 명문 카네기 멜런대학교를 비롯하여 뉴욕의 대형 연회장인 카네기홀, 그리고 미국 여기저기에 서 있는 수백 개의 카네기 도서관, 박물관, 예술관 등은 모두 그가 기증한 기금으로 세워진 건물입니다. 우리는 그를 강철 왕 이라고 불렀지만, 그 누구보다 따뜻한 마음을 가졌던 자선 사업가였습니다. 카네기의 철저한 나눔의 철학은 지금 이 시대를 살고 있는 우리들이 꼭 본받아야 할 자세이기도 하지만, 그것 보다는 가진 것을 나누는 사람이 되라는 메시지가 아닐까요.

카네기와는 경우가 다르지만 같은 시기에 록펠러(1839~1937)라는 자선가가 있었습니다. 그도 자기의 모든 재산을 쏟아 부어 록펠러 재단을 설립하여 시카고 대학교를 세우고, 가난한 사람들을 돕기 위해 의료사업을 비롯하여 식량, 교육, 문화 등 다방면에 많은 지원을 함으로써 노후를 보람 있고 행복한 여생을 살았습니다.

그가 이 같은 자선 사업을 하게 된 데에는 특별한 사연이 있었습니다. 그는 53세 때 세계 최고의 부자가 되었지만, 그 즈음 그는 몹쓸 병에 걸려 1년 이상을 살 수 없다는 진단을 받았습니다. 신문에는 그의 막대한 재산이 누구에게 갈 것인가에만 비상한 관심을 보였습니다. 이 지경에 이른 록펠러는 많은 것을 생각하게 되었습니다. 건강을 잃은 후에 재산이 있으면 무슨 소용이 있으며 권세나 명예 또한 무슨 가치가 있겠는가. 마침내 그는 '인생은 돈이 전부가 아니다'라는 사실을 깊이 깨닫게 되었습니다.

그리고는 그 동안 벌어 놓은 막대한 재산을 사회에 환원하기로 작정하고 가난한 이웃과 불쌍한 사람을 돕는데 쓰기 시작했습니다. 그러자 록펠러에게 기적이 일어났습니다. 악화일로에 있었던 건강이 점차 회복되면서 예전의 건강을 되찾게 되고 삶의 기쁨 또한 되찾게 되었습니다. 그는 최고의 권위 있는 의사들이 54세까지 밖엔 살 수 없다고 한 진단과는 달리 98세 때 까지 장수를 누렸습니다. 돈에 대한 집착에서 벗어나 마음을 비웠을 때 그에게 마음의 평화와 축복이 찾아온 것입니다.

인생의 목적은 보람 있는 일을 해서 행복하게 사는 데에 있습니다. 부를 축적하는 목적 또한 이 세상에서 좋은 일을 하기 위함이어야 합니다. 또 인생의 참된 행복은 주는 생활에 있습니다. 남에게 무엇인가를 주는 사람이 되어야 합니다. 나누어 줌으로써 행복을 찾은 카네기나 록펠러처럼 말입니다.

용서는 아픈 상처를 치유하는 명약이다

- 원수를 양자로 삼은 손 목사 -

용서에 대한 이야기가 나오면 우리는 손양원 목사의 뼈저린 사연을 떠오르게 됩니다. 손 목사는 일제 때 신사참배를 거절한 죄로 옥살이를 한 항일 애국투사입니다.

그가 문둥병 환자를 수용하고 있는 애양원 교회의 목사로 있을 때 여순 반란사건(1948.10)이 일어났습니다. 여수지구에서 반란을 일으킨 좌익 반란군은 순천에 진입해오자, 수많은 애국지사들을 반동분자로 몰아 무차별 총살을 자행 했습니다. 그 와중에서 중학교에 다니던 손 목사의 두 아들도 반동분자의 가족이라 하여 끌려 나가 무수히 매를 맞고 총살을 당했습니다.

마침내 국군이 진주하자 손목사의 아들을 무참히 살해한 자가 체포되어 군법재판에서 총살형을 받게 되었습니다. 그런데 손 목사는 관계기관에 탄원하여 그를 살려 냈습니다. 그리고는 그를 자기의 양자로 삼았습니다.

세상 천지에 내 아들을 둘이나 죽인 원수를 어떻게 용서할 수 있으며, 게다가 양자까지 삼을 수 있단 말 입니까? 손 목사는 인간적으로는 도저히 용서할 수 없는 원수를 그리스도의 사랑으로 용서하고 그를 회개시켜 새로운 사람으로 만들었습니다. 그는 '원수를 사랑하라' 는 예수 그리스도의 가르침을 몸소 실천한 위대한 사랑의 승리자요 용기 있는 목자였습니다.

우리는 자기에게 해를 끼친 사람을 쉽게 용서하기가 어렵습니다. 그로 인해 고통이 크면 클수록 용서하기가 더욱 어려운 것이 사실입니다. 그렇다고 하더라도 상대방에 대하여 언제까지나 계속 원한을 품고 살아가는 것은 우리 모두에게 이익도 되지 않습니다.

상대방을 용서하지 않고 있으면 자기 자신은 그 불쾌한 체험에 계속 묶어두는 것이며, 그 사람에게 매달리는 일이 됩니다. 즉 상처를 몇 번이고 되풀이해서 받는 꼴이 되는 것이며, 그를 생각 할 때 마다 상처를 받는 것입니다. 실제로는 한 번 밖에 당하지 않았던 일을 용서하지 않으므로 천 번의 아픔을 되풀이해서 겪게 되는 결과가 되는 것입니다. 그런데 그를 용서해서 해방시켜 자유롭게 해주면, 당사자들 모두가 그 상처로부터 해방되고 그 아픔에서 벗어날 수가 있는 것입니다. 밉기는 하지만 용서를 해야 할 이유가 바로 여기에 있는 것입니다.

우리는 '용서 할 수는 있으나 결코 잊을 수는 없다.'는 말을 종종 듣고 있습니다. 얼마나 한이 맺혔으면 그럴까 싶지만, 이것은 결국 용서

할 수가 없다는 말과 같은 것입니다.

그럼 진정한 용서란 무엇인가? 용서한다는 것은 완전한 소멸이어야 합니다. 어떤 일을 완전히 기억에서 지워버리고 없었던 것으로 하는 것입니다. 우리는 해변가를 거닐 때 발자국이 모래위에 찍혀짐을 봅니다. 그러나 얼마 후 조수가 밀려오면 모든 발자국은 흔적도 없이 씻겨가 버립니다. 이와 마찬가지로 우리도 용서 할 때에는 모든 것을 지워 버리듯 깨끗이 잊어버려야 합니다.

용서는 아픈 상처를 근원적으로 치유케 하는 이 세상 최고의 명약입니다. 용서는 미움과 증오와 원한에 찌든 상한 마음을 선의와 화해와 애정의 밝은 마음을 승화시키는 사랑의 마술사입니다.

우리는 서로 사랑하고 이해하고 용서합시다. 이 세상에 허물이 없는 사람은 아무도 없습니다. 모두 용서를 받아야 할 사람들입니다. 용서받기를 원하거든 먼저 용서하라. 많이 용서하는 자가 많이 용서를 받는다. 이것만이 우리가 마음 편하게 살 수 있는 길입니다.

가까이 있어야 정이 든다

- 에펠탑 효과 -

1889년 3월 31일 프랑스 파리에는 프랑스 대혁명 100주년을 맞이해 열린 만국박람회의 기념 조형물로 에펠탑이 세워졌습니다. 이 탑의 건설계획과 설계도가 발표되자, 당시 파리의 문인, 화가 및 조각자들은 에펠탑의 천박한 이미지에 기겁을 했습니다.

수많은 시민들이 탑 건축을 반대하는 시위에 참가 했습니다. 1만 5천여 개의 금속조각을 250만개의 나사못으로 연결시킨 무게 7천 톤, 높이 320.75미터의 철골 구조물이 고풍스러운 파리의 분위기를 완전히 망쳐 놓을 것이라고 생각했기 때문입니다. 시민들의 반발이 너무 거세지자 프랑스 정부는 20년 후에는 철거하기로 약속하고 건설을 강행했습니다.

탑이 세워진 후 시인 베를렌은 흉측한 에펠탑이 보기 싫다며 에펠탑 근처에는 가지도 않았습니다. 소설가 모파상은 몽소 공원에 세워진 자신의 동상이 에펠탑을 보지 못하게 등을 돌려 세웠습니다. 에펠탑 철거를 위한 '300인 선언'이 발표되기도 했습니다.

20년이 지난 1909년 다시 철거논의가 거세졌지만, 탑 꼭대기에 설치된 전파송출장치 덕택에 살아남았습니다. 그러면서 철거논의는 서서히 수그러들었습니다. 100여년이 지난 지금 에펠탑은 파리의 상징이 되었으며 에펠탑 없는 파리는 상상도 할 수 없게 되었습니다. 에펠탑은 더 이상 천박한 흉물이 아니며, 이젠 프랑스 사람들이 가장 자랑스럽게 생각하는 파리의 귀부인이 되었습니다.

그렇게도 비웃음의 대상이 되었던 에펠탑에 대한 파리시민의 인식이 왜 그렇게 달라졌을까요? 심리학자들은 이를 '단순노출의 효과'로 설명하고 있습니다. 탑의 높이가 300미터가 넘고 보니 그들은 좋든 싫든 눈만 뜨면 에펠탑을 봐야 했습니다. 그러면서 그 탑에 차츰 정이 들어갔고, 에펠탑을 찾는 시민들도 점점 늘어났습니다. 파리 시민들이 날마다 보는 에펠탑에 정이 들어가듯 단지 자주 보는 것만으로도 호감이 증가하는 형상을 '단순노출의 효과' 또는 '에펠탑 효과'라고 합니다.

또 가까이 있을수록 사람들이 서로 친해지는 것을 '근접성의 효과'라고 하는데, 자주 보면 정이 들고 만나면 좋아집니다. 가까이서 자주 만날수록 호감도가 커지듯이 에펠탑을 가까이에서 자주 만나게 되니 호감이 가게 되는 것입니다. 파리시민의 인식이 바뀔 수 밖에 없는 이유가 바로 여기에 있는 것입니다.

지금 프랑스를 찾는 외국 관광객은 한해 무려 3,000만 명을 헤아리는데, 그들은 에펠탑을 프랑스의 명소1위로 꼽고 있습니다. 여기서 우리는 '단순노출의 효과'와 '근접성의 효과'를 통해서 배울 것이 있습니다. 그것은 누군가와 가까워지고 싶다면 자주 만날 것과 되도록 가까이 접근 하라는 것입니다.

비즈니스를 잘하려면 무엇보다 먼저 고객과 자주 접촉하고 그들에게 좋은 인상을 심어주어야 합니다. 자녀들이 따르기를 원한다면 함께 보내는 시간을 많이 가지고, 배우자와 좋은 관계를 원한다면 자주 대화를 해야 합니다. 그러나 불쾌한 주제는 입에 올리지 말아야 합니다.

자주 보면 정이 들고 만나다 보면 좋아집니다. 가까이서 자주 만날수록 호감도가 커지는 법입니다. 누군가와 가까워지고 싶다면 자주만나며, 되도록 가까이 접근하십시오. 다만 그 과정에서 불쾌한 기분을 유발시키지는 마세요. 이것이 자주 보면 좋아지고 만나보면 친해지는 길입니다.

61

칭찬이 열정을 불러일으킨다

- 사람을 잘 다스리는 법 -

　미국 경제계에서 최초로 연봉 100만 달러를 넘게 받은 사람가운데 찰스 수왑이라는 사람이 있었습니다. 그는 불과 38세의 나이에 앤드류 카네기의 눈에 띄어 US강철 주식회사의 초대 사장에 임명되었습니다.

　당시 주급 50만 달러만 되어도 상당히 잘 사는 측에 들던 시절이었는데, 카네기는 무엇 때문에 찰스 수왑에게 100만 달러의 연봉, 다시 말해서 하루 2,700달러가 넘는 엄청난 보수를 주면서 사장으로 채용했을까요?

　수왑이 남다른 천재성을 가지고 있기 때문이었을까요? 그렇지는 않습니다. 그럼, 수왑이 다른 누구보다도 강철업에 대한 풍부한 경험을 가지고 있기 때문이었을까요? 그것도 아닙니다. 그렇다면 도대체 수왑이 그런 엄청난 연봉을 받을 수 있었던 이유는 무엇이었을까요? 그것은 사람을 다스리는 능력이 뛰어났기 때문입니다. 그는 자신이 사람들을 어떻게 다스리는지 그 비밀을 털어 놓았습니다.

"나는 나 자신이 내가 데리고 있는 사람들에게 열정을 불러일으킬 수 있다는 것을 가장 커다란 자산 가운데 하나라고 생각합니다. 한 사람에게 내재되어 있는 능력을 최대한으로 발전시킬 수 있는 방법은 지속적으로 그를 격려하고 칭찬해 주는 일입니다. 윗사람의 비난만큼이나 한 인간의 의욕을 확실하게 죽여 버릴 수 있는 것은 없습니다. 일을 할 수 있는 동기를 부여 해 주는 것이 무엇보다도 중요하다고 생각합니다. 그래서 나는 칭찬하는 것을 좋아하는 대신 잘못을 지적하는 것을 대단히 싫어합니다. 만약 나에게 남다른 능력이 있다면 그것은 남이 잘한 것을 아낌없이 칭찬해 주는 능력일 것입니다."

수왑은 자신의 그런 생각을 실천에 옮겼습니다. 그가 사장에 취임한 후 당시 커다란 곤경에 직면해 있던 베들레헴 강철회사를 인수했고 얼마 지나지 않아 생산성도 높아져 이 회사는 미국에서 가장 많은 이윤을 내는 회사로 새롭게 탄생하였던 것입니다.

칭찬해 주고 격려해 주는 만큼 상대방의 사기와 열정을 불러일으키는 것은 없습니다. 칭찬과 격려를 받으면 자신감이 생겨 더 잘하려고 노력하게 됩니다. 그래서 칭찬과 격려는 삶의 활력소가 되고 자기 발전의 촉진제가 됩니다.

수왑은 바로 칭찬해 주고 격려해 주는 재주 하나로 커다란 성공을 거둔 사람입니다. 우리도 남의 장점을 찾아 칭찬과 격려를 아끼지 않는 사람이 되어야 합니다.

일찍이 공자는 말하기를 '군자는 타인의 아름다운 점이나 장점을 발견하고 조장해 주고 격려해 준다. 그리고 남의 결점이나 단점을 들추어내거나 폭로하지 않는다. 그러나 소인은 그와 반대로 남의 장점을 짓밟아 버리고 남의 단점만을 들추어낸다.'고 했습니다.

우리는 칭찬하는 것을 배워야 합니다. 훌륭한 어머니는 자녀의 재능을 칭찬하고, 현명한 교사는 제자의 장점을 발견 칭찬하고, 우수한 간부는 부하의 특기를 칭찬해 주어 용기를 북돋아 주고 분발하도록 이끌어 주어야 합니다.

우리 사회가 즐거운 사회가 되고 우리 국민이 발전하는 국민이 되려면 남을 칭찬하는 것을 배워야 하고 남에게 박수갈채를 보낼 줄 알아야 합니다. 남을 칭찬할 줄 모르고 남에게 박수갈채를 보내는 데에 인색하다면 우리 국민은 미성숙한 국민이요, 협량의 민족이 됩니다. 남을 칭찬하는 것을 배웁시다. 이것은 인간의 대단히 중요한 삶의 지혜요, 요체입니다.

62

상대에게 성실한 관심을 보여줘라

- 남에게 호감을 사는 법 -

　미국 제32대 대통령 프랭클린 루스벨트는 대 경제공황 때 뉴딜정책의 성공과 제2차 세계대전을 승리로 이끈 대통령으로 유명합니다. 그가 처음으로 대통령 선거활동을 했을 때 그의 보좌관으로 짐 파레라는 사람이 있었습니다. 루스벨트의 승리에는 짐의 초인적인 능력이 큰 도움이 되었습니다. 짐은 합중국 우정장관을 지낸 사람으로 남의 이름을 잘 기억하는 비상한 능력을 가지고 있었습니다.

　짐은 미국 전지역의 5만 명을 넘는 각계 인사들과 사귀면서 그들의 이름을 하나하나 기억했던 것입니다. 그 뿐만 아니라 개개인의 가정형편과 정치적 견해 모두를 기억해서 다시 만났을 때에는 상대방의 상황을 구체적으로 물었습니다. 부인이나 자녀들의 소식 그리고 정원의 나무가 어떻게 자라고 있는지 등 가정의 소소하고 세부적인 문제까지도 빠뜨리지 않고 묻곤 했으니 그와 사귀는 사람들은 그를 만나는 것이 보통 즐거운 것이 아니었습니다. 이 보좌관에 대한 호감은 루스벨트에게 그대로 이어져 많은 지지자들을 얻을 수 있게 만들었습니다.

루스벨트가 선거 당시에 폭넓은 인사들의 지지를 받을 수 있었던 것도 그의 보좌관 짐 파레가 있었기에 가능했고, 그가 대통령이 될 수 있었던 것도 뛰어난 기억력을 소유한 그의 보좌관 덕분이었습니다.

프랭클린 루스벨트는 남들이 자기를 좋아하게한 가장 간단하고 가장 중요한 방법은 상대의 이름을 기억하고 상대에게 자기를 중요하게 여긴다는 것을 느끼게 하는 일이란 것을 일찍부터 파악하고 있었던 것입니다. 그는 선거인의 이름을 기억하는 것이 정치적 수완이며 이는 정치인이 꼭 알아 두어야할 철칙이라고 했습니다. 그는 이 철칙을 잘 활용함으로써 승리할 수 있었던 것입니다.

어떤 심리학자는 사람의 마음속에서 가장 아름답고 듣기 좋은 말은 다름 아닌 자신의 이름이라고 말하고 있습니다. 어떤 상황에서 우연히 자신의 이름이 불린다면 곧 바로 얼굴이 환해지고 자신의 이름을 부른 사람에게 친밀감과 호감을 갖는 것이 바로 사람의 마음이라는 것입니다.

사람은 남의 이름에는 별 관심을 가지지 않지만, 자신의 이름에는 각별한 애착과 관심을 갖습니다. 자기의 이름을 기억하고 불러준다는 것은 정말 기분 좋은 일입니다. 자기 이름을 정확히 기억하고 불러준다는 것은 자기에 대한 관심이 크다는 것을 말하는 것이므로 상대방에 대해서 자연히 호감을 갖게 되는 것입니다.

여기에 더하여 상대방의 신상 문제까지 잘 기억해 두었다가 적시에 활용한다면, 상대방은 자기에게 관심을 가지고 있다고 감격하여 호감을 나타내기 마련입니다. 남의 이름을 정확히 기억하고 관심을 갖는 것이 사람 다루는 비결입니다.

일찍이 로마의 시인 푸비라우스 사이러스는 2천여 년 전에 '사람은 상대방이 우리에게 관심을 가질 때 그들에게 관심을 가진다.'고 갈파 했습니다. 인간관계에 있어 가장 중요한 것은 상대방에게 순수한 관심을 보여주는 것입니다. 이쪽에서 진정한 관심을 보이면 제아무리 바쁜 사람도 주의를 기울여 시간과 협력을 아끼지 않는 법입니다. 그러므로 남에게 호감을 사는 법은 상대에게 성실한 관심을 보내는 것입니다.

63

은혜를 입었으면 갚을 줄 알아야 한다

- 인과응보의 법칙 -

　영국의 한 도시 소년이 처음으로 시골에 갔다가 시냇가에서 혼자 물장난을 하다 그만 깊은 물속에 빠지고 말았습니다. 헤엄을 칠 줄 모르는 이 소년은 계속 허우적거렸는데, 마침 그 옆을 지나던 시골 소년이 급히 뛰어 들어가 도시 소년을 구해 주었습니다.

　기력을 회복한 도시 소년은 시골 소년에게 감사의 뜻을 표하려고 했지만, 뭐 대수롭지 않은 걸 가지고 그러느냐며 간신히 자신의 이름을 알려주고 헤어졌습니다.

　10여년의 세월이 흘러 그들은 청년으로 성장 했습니다. 도시 청년은 자신을 죽음으로부터 구해준 시골 청년을 잊을 수가 없었습니다.

　어느 날 도시 청년은 그때 그 곳을 다시 찾아가 자기를 구해준 시골 청년을 찾았지만, 그는 도시 청년을 기억하지 못 했습니다. 겨우 기억을 되찾은 시골 청년에게 미래의 소망이 무엇이냐고 물었습니다. 시골 청년은 의사가 되고 싶지만, 가정 형편이 어려워 뜻을 이루기 어려울 것 같다고 했습니다.

이 말을 들은 도시 청년은 런던으로 돌아와 부자인 아버지에게 자초지종을 이야기하고 그 시골 청년을 데려다가 의학 공부를 시켜 줄 것을 간청하였습니다. 아버지는 흔쾌히 승낙을 하여 시골 청년을 데려다가 의학 공부를 시켜 그를 의학박사가 되게 하였습니다. 그 의학 박사가 바로 페니실린을 발명한 알렉산더 후레밍 박사이며, 그를 의학 공부를 시켜준 도시 청년이 바로 윈스턴 처칠경입니다.

그 후 1940년 5월 처칠은 대영제국의 수상이 되었습니다. 독일군의 침공으로 당시 풍전등화와 같은 어려운 시기에 수상이 된 처칠은 수상 취임 후 중근동지방(지금의 아랍지역)의 전황을 살피려고 출장을 다니던 중 뜻하지 않게 폐렴에 걸렸습니다.

지금은 그리 큰 병이 아니지만 그 당시만 하더라도 이 병은 꼭 죽을 수밖에 없었던 병이었습니다. 그 어떤 약으로도 처칠의 폐렴을 고칠 수 없었는데, 바로 후레밍 박사가 발명한 페니실린 덕분에 죽음의 위기에서 벗어날 수 있었습니다.

이 아름다운 이야기는 우리들로 하여금 인과응보(因果應報)의 법칙을 새삼 되새겨 보게 합니다. 인간은 은혜 속에서 살아갑니다. 많은 사람들과 더불어 살아가면서 서로 남에게 도움을 받거나 신세를 지며 살아가는 것이 인생입니다. 그 누구도 남의 도움이나 신세를 지지 않고 살아갈 수 없으며, 아무런 혜택도 받지 않고 독자적으로 살아갈 수는 더더욱 없습니다.

인간은 이렇게 얽히고설키면서 서로 돕기도 하고 베풀기도 하면서 살아가는 것입니다. 그렇기 때문에 더러는 남의 도움이나 신세를 지게 도 되고, 더러는 남에게 도움이나 혜택을 베풀기도 하는 것입니다.

우리는 남에게서 받은 도움이나 신세를 고맙게 알고, 그 은혜에 보답할 줄 알아야 합니다. 이것이 인간의 도리입니다. 은혜를 모른다는 것은 사람으로서 부끄러운 일입니다. 은혜를 망각하고 은혜를 배반한다는 것은 인간의 도리에 어긋나는 것입니다.

64

원만한 인간관계는 사회를 밝게 한다

- 대통령과 사환사이 -

미국 제26대 대통령인 시어도어 루스벨트(1858~1919)는 인간미 넘치는 폭넓은 인간관계로 백악관의 말단 사환에 이르기 까지 많은 사람으로부터 절대적인 존경과 인기를 모았습니다. 그의 재임 중에 백악관에 근무했던 흑인 사환 제임스 에모스는 자기가 직접 모셨던 루스벨트 대통령을 잊지 못해 〈사환이 본 시어도어 루스벨트〉라는 책을 펴냈습니다.

이 책에는 대통령의 인간성과 성실한 대인관계를 엿볼 수 있는 다음과 같은 가슴 따뜻한 사건을 소개하고 있습니다.

「어느 날 나의 아내가 대통령에게 메추라기가 어떤 새냐고 물었습니다. 아내는 한 번도 메추라기를 본적이 없었기 때문이었는데, 그때 대통령은 내 아내에게 메추라기의 모습을 자상하게 설명을 해 주었습니다.

　그리고 얼마 후 우리 집의 전화기가 울렸습니다. 아내가 전화를 받아보니 상대가 대통령이었습니다. 대통령은 지금 때 마침 그쪽 창밖에 메추라기 한 마리가 앉아 있으니 창문으로 내다보면 그 새를 볼 수 있을 것이라고 일러 주었습니다. 이러한 사소한 일에서도 대통령은 자상한 관심을 보여 주시는 분이었습니다. 우리 집은 관저 내에 있었는데, 대통령은 우리 집 옆을 지나칠 때에는 우리들의 모습이 보이건 안 보이건 '어, 에니! 혹은 어, 제임스! 하고 언제나 다정한 목소리로 불러 주시곤 했습니다. 이렇듯 대통령은 말단에 있는 사람에 대하여서도 차별하지 않고 진심으로 우러난 호의를 가지고 대하곤 하였습니다. 윗사람이 이런 모습을 보일 때 어떻게 아랫사람이 그를 좋아 하지 않을 수 있겠습니까? 더구나 대통령의 신분으로 일개 하찮은 사환의 아내에게 까지 따스한 관심을 보여주니 어느 사람이 그를 따르지 않겠습니까?」

　시어도어 루스벨트 대통령의 인간관계는 봄바람처럼 훈훈합니다. 그래서 그를 만나는 것이 기쁘고 즐겁고 평안합니다. 대하는 사람마다 호감이 가고 호의를 느끼게 합니다. 대통령이라는 권위의식이 전혀 없고 모두 집안 식구처럼 대해주는 그의 소탈하고 인간미 넘치는 친화적인 인간관계는 모든 사람들을 따르게 만들었고 존경하는 대통령으로 추앙받게 하였습니다.

　인간관계가 좋은 직장생활이나 사회생활은 모두가 하는 일이 즐겁게 되고 서로 협력하게 되어, 그것이 곧 인생의 즐거움이 되면서 동시에 우리의 직장이나 사회를 밝게 해주는 활력소가 되는 것입니다. 이렇듯 인간관계는 우리의 사회생활에 있어서 매우 중요한 작용을 하고 있습니다. 또 인간관계는 태도나 감정에서 뿐만 아니라 개인의 성취에도 지대한 영향을 주고 있습니다.

미국의 카네기 공업협회에서 사회적으로 성공한 만 명을 대상으로 '성공의 비결이 어디에 있는가'를 조사했더니, 두뇌, 기술, 노력에 의한 성공률이 15%인데 비해 인간관계에 의한 성공률이 놀랍게도 85%를 차지했다고 합니다. 이것은 인간관계가 좋은 사람은 사회에서 성공하지만, 인간관계가 나쁜 사람은 실패하기 쉽다는 것을 말해 주고 있는 것입니다.

인간관계란 나 이외의 다른 사람들과 접촉하며 살아가는데 있어서 사람과 사람 사이의 관계를 말합니다. 이 인간관계가 좋으냐 나쁘냐에 따라서 인간의 행복과 불행이 엇갈리고 성공과 실패를 좌우합니다. 그러므로 우리는 남과의 관계에 있어서 언제나 원만한 인간관계를 이루어 나아가도록 힘써서 행복하고 성공하는 인생이 되어야 합니다.

65

심는 대로 거둔다

- 자업자득 -

한 청년이 면접을 보기 위해 급히 자동차를 몰고 있었습니다. 잠시 후 이 청년이 지나가는 길가에 어떤 중년 여인이 차를 세워 놓은 채 손을 흔들며 도움을 청했습니다.

하는 수 없이 이 청년은 차를 세워놓고 자세히 들여다 보니 자동차 타이어에 펑크가 나 있었습니다. 청년은 순간 고민에 휩싸였습니다. 면접시간이 얼마 남아 있지 않았기 때문입니다.

매우 난처한 입장이었지만 그 청년은 그 중년 여인을 도와주기로 했습니다. 청년이 타이어를 교체해 주었을 때는 면접시간이 30분이나 지나고 있었습니다. 면접실에 도착 해보니 자신의 면접번호 보다 훨씬 뒷사람이 면접을 보고 있었습니다. 청년은 하는 수 없이 사정해서 맨 나중에 면접을 보게 되었습니다. 그런데 그 순간 꿈같은 일이 일어났습니다. 세명의 면접관 중에 한 사람이 방금 전에 자기가 타이어를 교체해준 중년 여인이었던 것입니다. 그는 그 면접관에게서 후한 점수를 받아 자신이 원하던 대로 그 회사에 입사할 수 있었습니다.

또 이런 일도 있었습니다. 미국의 유명한 외과의사인 반 아이크 박사에게 어느 날 밤 급한 전화가 걸려왔습니다.

"여보세요, 여기는 그랜드폴스 병원입니다. 한 소년이 총을 가지고 장난하다가 그만 오발을 하는 바람에 생명이 위태롭습니다. 박사님께서 좀 도와주십시오."

아이크 박사는 그 즉시 60마일이나 떨어져 있는 그랜드폴스 병원으로 최대의 속력으로 달려가고 있었습니다. 그런데 어느 네거리에서 웬 사나이가 아이크 박사의 차 앞을 가로막고 나섰습니다. 어디까지 가느냐고 물었으나 사나이는 무조건 차에 오르더니 대답대신 권총을 꺼내 잔말 말고 차에서 내리라며 위협했습니다.

"여보시오. 나는 의사입니다. 방금 급한 환자가 생겼다는 연락을 받고 가는 길이니 사람하나 살리는 셈치고 나를 보내주시오"

차에서 떠밀린 아이크 박사는 하는 수 없이 길가에서 지나가는 차를 기다렸습니다. 우여곡절 끝에 마침내 병원에 당도했습니다.

"그 소년은 어떻게 되었습니까?"

"박사님, 10분전에 죽었습니다. 10분만 더 일찍 오셨더라면 생명을 구할 수 있었을 텐데요." 이때 문이 열리며 죽은 소년의 아버지가 뛰어 들어 왔습니다.

"내 아들이 죽었다구요?" 소년의 아버지는 질린 얼굴로 죽은 소년을 끌어안았습니다.

"저 사람이 소년의 아버지란 말인가?"

"아니, 왜 그러십니까? 박사님이 아시는 분인가요?"

"예, 저 사람이 바로 병원으로 오던 내 차를 빼앗아 달아난 사람이요."

모두들 어안이 벙벙했습니다. 세상에 이럴 수가 있단 말인가.

"소년을 죽인 자는 바로 소년의 아버지인 저 사람이었군그래."

이 말에 소년의 아버지가 얼굴을 들었습니다. 그는 박사를 보더니 뒤로 몇 걸음 물러섰습니다.

"아니, 당신이 바로……"

이 세상의 모든 일이 다 자업자득입니다. 심는 대로 거두게 마련입니다.

우리의 인생에는 인과응보(因果應報)의 법칙이 지배합니다. 저마다 행하는 행동이 우리의 운명, 우리의 행복, 불행 우리의 존재를 결정합니다. 좋은 씨를 뿌리면 좋은 열매를 거두고 나쁜 씨를 뿌리면 나쁜 열매를 거둡니다. 선한 행동을 하면 좋은 결과가 생기고, 악한 행동을 하면 나쁜 결과가 생깁니다. 이렇듯 사람은 자기가 심은 것을 거두게 마련입니다.

66

행복의 열쇠는 인간관계에 있다

- 행복의 조건 -

    1937년 하버드 대학교 의과대학에서 각별히 똑똑하고 야심차고 적응력이 뛰어난 2학년 학생 중 268명을 뽑아 72년간에 걸쳐 '잘 사는 삶의 공식'을 추적해온 연구 결과가 최근 발표되어 세간의 주목을 끌었습니다.

    아마도 특정개인의 역사를 장기적으로 추적한 종적(縱的)연구의 효시이자 최장기 연구일 것입니다. 이 연구는 당시 의대의 알리 복 교수가 시동을 걸었는데, 이 연구를 재정적으로 지원을 해준 백화점 재벌 W.T. 그랜드의 이름을 따서 '그랜드연구'라고 불렀습니다.

    연구는 '잘 사는 삶의 일정한 공식이 있을까?' 하는 기본적인 의문에서 출발 했습니다. 연구진에는 하버드 대학 생리학, 의학, 인류학, 심리학 분야의 최고 두뇌들이 동원 되었습니다. 이들은 정기적인 인터뷰와 설문을 통해 대상자의 신체적, 정신적 건강상태를 체크했습니다.

268명 대상자 중 절반 정도는 이미 세상을 떠났고 남은 이들도 80대, 90대에 이르렀습니다. 최고의 엘리트답게 그들의 출발은 상쾌했습니다. 이들 중에는 훗날 대통령이 된 케네디도 있었고 연방 상원 의원이 4명 나왔고 또 유명한 소설가도 있었습니다.

그러나 연구가 시작한 후 10년이 지난 1948년 즈음부터 20여명이 심각한 질환을 호소했습니다.

1967년부터 42년간 이 연구를 이끌어 온 조지 베일런트 교수는 '천재는 일종의 정신병자'라며 그 중의 3분의 1이 정신 질환 치료를 받았고 마약이나 술에 빠져 횡사한 이도 적지 않았다고 밝혔습니다. 결국 하버드 엘리트라는 껍데기 아래 고통 받는 심장이 있었던 것이라고 했습니다. 그러면서 성공적인 노후로 이끄는 열쇠는 지성이나 계급이 아니라 사회적 적응 즉 인간관계였다고 결론지었습니다.

이 연구 결과는 참으로 충격적이었습니다. 그 많은 사람들이 하버드 같은 일류대학에 들어가지 못해 안달인데 말입니다. 인간의 궁극적 목적은 '행복하게 살아가는 것'인데, 그들은 결코 행복하지 못했습니다. 이 연구에 대해 뉴욕타임스의 칼럼니스트 데니비드 브룩스는 인간의 삶은 '과학의 잣대도 숨을 죽일 수밖에 없을 정도로 삶은 미묘하고 복잡하다는 것을 확인할 수 있었다'고 말한 대로 행복의 조건도 각각 다를 수밖에 없었을 것입니다.

사람의 삶이 미묘하고 복잡한 만큼 저마다 다른 행복관을 가지고 있기 때문에 행복하려면 '이렇게 살아야 한다.'고 단정적으로 말하기는 어려울 것입니다. 왜냐하면 사람은 저마다 자기의 소신대로 살아서 행복을 느끼며 살아가고 있으니까요. 그런데 이 연구에서 결론 짓 듯 밝힌 행복의 열쇠는 사회적 적응 즉 인간관계가 좋으냐 나쁘냐에 달려 있다는 것이었습니다. 다시 말하면 인간관계가 좋은 사람은 사회에서 성공하고 행복하게 살게 되지만, 그렇지 못한 사람은 실패하기 쉽고 불행하게 살게 된다는 것을 실증해준 셈입니다.

사람이 어떤 마음가짐으로 살아가든 간에 진정으로 행복하게 살기를 원한다면, 더불어 함께 하는 삶에서 찾아야 합니다. 얽히고설키며 살아가는 인생이기에 혼자 힘만으로는 살아갈 수 없으며 서로 도와가며 공존 공영하려면 언제나 원만한 인간관계를 이루어 나아가도록 힘써야 합니다. 그 길만이 행복하고 성공하는 인생이 될 수 있을 것입니다.

교육은 권위의 터전위에서 이루어진다

- 스승을 존경해야 할 이유 -

옛날 어느 정승이 아버지의 권세를 믿고 스승을 우습게 여기고 공부를 게을리 하는 아들의 방자한 언동을 보고 몹시 걱정이 되었습니다. 어떻게 하면 아들의 잘못된 생각을 고쳐 줄 수 있을까 골똘히 생각한 정승은 스승에게 편지를 보냈습니다.

내일 정오에 선생님을 초청한다는 내용이었습니다.

그날 정승 댁에서는 아침부터 귀한 손님이 오신다고 한참 부산을 떨었습니다. 정승 댁 아들은 어느 높으신 분이 오시 길래 이렇게 야단 법석인가 싶어 마음 졸이며 아버지와 함께 손님이 오시기를 기다렸습니다.

이윽고 손님이 오셨다는 전갈을 받은 정승은 버선발로 뛰어나가 그 손님을 정중하게 맞아들였습니다.

그런데 이게 어찌된 일입니까? 매우 높으신 분이 오실 줄 알았는데 뜻밖에도 손님은 자기를 가르치는 선생님이었습니다. 아들 녀석은 크게 당황했습니다.

아버지 위로는 높으신 어른이 임금님 밖에 없는 줄 알았는데, 정승인 아버지가 쩔쩔매며 맞절을 하는 높으신 어른은 다른 사람이 아닌 평소 우습게 여겨왔던 자기의 선생님이었습니다.

그제서야 아들은 선생님에 대한 잘못된 생각을 크게 뉘우치고 그 후로는 선생님에게 예의를 갖추고 스승의 말씀에 잘 따르게 되었다고 합니다. '스승의 그림자는 밟지도 않는다.'는 말은 이제 옛말이 되었지만, 그 같은 정신을 바라는 마음은 여전히 남아 있습니다. 그것은 스승을 존경하는 풍토가 조성되어 있지 않고서는 교육이 제대로 이루어지지 않기 때문입니다.

교육은 스승의 권위가 인정될 때 진정한 의미의 교육이 가능합니다. 스승의 권위는 본인 자신의 능력과 언동에도 달려 있지만, 동시에 주위에서 어느 정도 권위를 인정해 주느냐에 따라서도 크게 달라집니다. 앞에서 본 바와 같이 정승이 스승을 존경하는 본을 보여준 것은 따지고 보면 스승 존경은 단순히 선생님을 위한 것만이 아닙니다. 내 자식을 바르게 키우기 위해 그렇게 해야 하는 것입니다. 모두가 교육을 위한 관심이요 배려인 것입니다.

배우는 자는 가르치는 자에 대해서 일종의 권위를 느끼기 때문에 배울 수 있습니다. 가르치는 자가 배우는 지에 대해서 아무런 권위를 갖지 못한다면 교육은 불가능합니다. 교육은 권위의 터전 위에서 이루어지는 것입니다. 스승을 존경해야 할 이유가 바로 여기에 있습니다. 물론 스승도 인간으로서 성격의 장단점이 있고, 지식에 더러는 불확실한 면이 있을 수 있으며, 행동에도 납득이 되지 않는 점이 있을 수 있습니다. 스승이라고 해서 신이 아닌 이상 인간으로서의 한계가 있는 것입니다. 스승을 신과 같은 지위에 놓고 볼 수는 없습니다. 스승은 어디까지나 인간입니다. 스승에게 다소간에 부족함이 있다 해도 아름다운 모습만 보도록 노력해야 합니다. 그것이 교육을 위하는 것이요, 자녀 교육에 도움이 되는 길입니다. 어쩌다 자녀가 보는 앞에서 학교 선생님을 경멸하는 언동을 한 일은 없는지, 부모로서의 책임을 다하지 못하면서 자녀의 잘못을 학교 선생님의 탓으로 돌리고 있지는 않는지 곰곰이 반성해 볼 일입니다. 적어도 아이들에게는 하늘처럼 보이는 스승의 존재가 되어 있을 때 교육은 제 구실을 다할 수 있는 것입니다.

우리나라는 예로부터 학문을 숭상하고 선비를 존경하는 기풍이 이룩되어 있었습니다. 그래서 학문을 전해주는 스승은 임금이나 부모 못지않게 존경하고 받들었습니다. 군사부일체(君師父一體)라는 말은 그런 뜻을 나타내는 것으로 '임금, 스승, 부모는 똑같다'는 말입니다. 이 말을 다시 한번 되새겨야 할 지금이 아닐는지요.

제 7부

참된 삶의 길

참된 이란 바른 마음을 가지고 성실하게 살아가는 것입니다.
옳고 그른 것을 판별하고 마음 바르게 살아가려고 노력합니다.
맡은 일에 정성을 다하여 열심히 일함으로써
자기의 본분을 지키며 인간답게 살아갑니다.
인간이 인간답게 산다는 것은
양심의 명령으로 생각하고 행동하는 것입니다.
그것이 참되게 사는 길이요
떳떳하고 평온한 삶을 누리게 되는 길입니다.

68

인생의 희로애락이 다 마음의 산물이다

- 극락과 지옥 -

옛날 중국의 어느 대장군이 어느 날 자신이 정복한 마을을 지나가다가 그곳에 한 고승(高僧)이 머물고 있다는 소문을 듣게 되었습니다. 대장군은 마을 사람들이 내심 자기보다 고승을 존경하고 있는 것에 질투와 호기심이 생겨 직접 찾아가 보기로 하였습니다. 이윽고 고승이 머물고 있는 집에 도착한 대장군은 위엄을 갖추어 고승에게 물었습니다.

"여보시오, 선사, 궁금한 것이 있어 찾아왔소. 극락과 지옥이 정말 있는거요? 만일 그렇다면 나에게 좀 보여주시구려."

쩌렁쩌렁하고 살기등등한 대장군의 목소리는 고승의 귓가를 울렸지만, 고승은 미동도 하지 않은 채 장군의 얼굴을 바라보며 빙긋이 웃기만 했습니다. 자기를 비웃고 있다고 느낀 장군은 화가 치밀어 허리에 찬 장검을 뽑아 들었습니다.

"이런 요망한 중놈이 있나, 감히 나를 희롱하다니!"

장군이 고승의 목을 치기 위해 장검을 높이 쳐든 순간, 고승이 나지막한 목소리로 말했습니다.

"지옥문이 열리고 있다."

순간 장군의 머릿속에 한 깨달음이 번뜩 스쳐갔습니다. 장군은 곧바로 검을 칼집에 넣은 채 머리를 조아렸습니다. 그러자 고승은 다시 이렇게 말했습니다.

"극락의 문이 열리고 있다."

이 글을 읽으면 불교의 화엄경에 나오는 일체유심조(一切唯心造)라는 글귀를 떠올리게 됩니다. 모든 것은 마음이 짓는다는 뜻인데, 이 세상의 모든 것이 마음가짐에 달렸다는 것입니다. 일찍이 신라 중기의 고승인 원효대사가 당나라로 유학을 가던 중에 해골에 괸 물을 마시고 얻은 깨달음도 바로 이것입니다. 원효대사는 일체유심조의 진리를 깨닫고 유학을 포기하고 되돌아 왔습니다.

이 세상의 모든 문제는 결국 마음의 문제이고 마음이 모든 것을 결정한다는 것입니다. 극락과 지옥은 우주공간 어느 곳에 있는 것이 아니라, 그 사람의 마음속에 존재한다는 것입니다. 예수는 '하늘나라는 내 마음속에 있다'고 갈파했습니다. 천국과 지옥이 다른 곳에 있는 것이 아니라, 나의 마음속에 있다는 것입니다. 나의 마음이 이 세상을 천국으로 만들기도 하고 지옥으로 만들기도 합니다. 나의 마음속에 사랑과 평화와 기쁨에 차 있으면 그것이 천국이요, 미움과 불평과 불화로 차 있으면 그것이 곧 지옥인 것입니다.

마음이 모든 것을 지배하고 좌우합니다. 마음이 곧 나의 모든 생각과 행동을 지배하는 주인입니다. 그러므로 인간이 자아를 확립하려면 먼저 자기의 마음을 확립해야 합니다. 곧 자기의 마음을 다스리지 않고는 자아 확립은 불가능한 것입니다.

인생의 희로애락이 다 마음의 산물입니다. 내가 내 마음을 어떻게 갖느냐에 따라서 즐거운 세상이 될 수 있고 괴로운 세상이 될 수도 있습니다. 어떤 마음가짐을 가지고 살아가느냐에 따라서 행복하게 살아갈 수도 있고 불행하게 살아갈 수도 있습니다. 이 세상의 모든 문제는 결국 마음의 문제인 것입니다.

69

인간은 극에서 극으로 변할 수 있다
- 인간의 양면성 -

불후의 명작 〈모나리자〉를 그린 레오나르도 다빈치가 또 하나의 명작 '최후의 만찬'을 그릴 때의 이야기입니다.

이 작품은 1495년에 시작하여 1497년에 완성된 것인데, 3년 동안 이 작품에 등장하는 예수와 열두 제자를 그리기 위해 성경연구는 물론 많은 자료를 수집하느라고 정신이 없었습니다.

특히 복음서에 나타난 제자들의 성격과 활동을 세밀하게 연구하여 그들의 얼굴 하나하나에 그 삶의 모습을 집약시켜 나타내고자 많은 애를 썼습니다.

그러나 유독 예수님의 얼굴과 가룟유다의 얼굴은 참으로 그리기가 어려웠습니다. 그래서 다빈치는 예수님의 모델을 찾기 위해 밀라노의 어떤 교회를 찾아 갔습니다. 거기서 다빈치는 성가대에서 노래를 부르고 있는 아주 멋진 남자를 발견했습니다. 환하면서도 엄숙하고 거룩하면서도 인자한 것 같은 그 성가대원의 얼굴을 모델로 하여 예수님의 얼굴을 완성했습니다.

그 후 열두제자를 그리던 다빈치는 맨 마지막 가롯유다의 얼굴을 그리려는데 막상 영감이 떠오르지 않았습니다. 작품을 시작한 지 두 해가 넘게 된 다빈치는 생각다 못해 가롯유다의 모습을 찾아 감옥을 찾아 갔습니다. 거기서 한 사람의 죄수와 마주쳤습니다. 그의 교활하고 야심에 찬듯하면서도 절망적으로 일그러진 모습에서 자신이 찾고 있던 가롯유다의 모습을 발견했습니다. 다빈치는 그 죄수에게 모델이 되어 주기를 청하자 말없이 괴로운 표정을 짓고 있던 그는 처음에는 완강히 거절했지만, 마침내 체념한 듯 허락했습니다. 스케치를 끝낸 다빈치가 죄수에게 다가가 말을 붙이려 하자 그는 어깨를 들먹이며 통곡하기 시작했습니다.

"제가 2년 전 예수님의 모델이 되었던 성가대원입니다."

"네? 그게 정말입니까?"

세상에 이럴 수가…… 결국 '최후의 만찬'의 서로 대치되는 인물인 예수와 가롯유다는 같은 인물을 모델로 그려졌던 것입니다. 사람은 이렇게 극에서 극으로 변할 수 있는 것입니다.

인간의 양면성을 상징적으로 보여주는 이 슬픈 이야기가 우리 인간의 마음을 우울하게 합니다. 인간의 마음속에는 선한 마음과 악한 마음의 두 마음이 공존하고 있습니다. 아무리 착한 사람이라도 그 내면에는 악한 인간성이 내재해 있는 것이며, 또 아무리 극악무도한 악한 사람일지라도 그 내면에는 선량한 인간성이 잠재해 있다는 것입니다. 여기에 인간의 모순이 있고 비극이 있습니다.

인간은 이 두 마음의 갈등으로 해서 행복과 불행이 엇갈리고 있습니다. 선의지가 강하면 행복해지고 반대로 악의지가 강하면 불행해집니다. 그것을 알고 있기 때문에 우리는 우리의 마음을 이성과 의지대로 지배하려고 애쓰지만, 마음대로 되지 않는 것이 우리들의 모습입니다.

마음은 인생의 뿌리요, 나의 주인입니다. 이 마음을 어떻게 갖느냐, 어떻게 쓰느냐, 어떻게 다스리느냐 하는 문제는 전적으로 자기의 마음먹기에 달려 있습니다. 우리는 끊임없는 수양을 통하여 내 마음을 내 마음대로 다스릴 수 있는 참 주인이 되도록 힘써야 합니다. 마음을 다스리는 길은 마음을 바르게 닦는 것뿐이 아니고 바르게 쓸 줄 아는 지혜도 갖추어야 합니다.

70

의기투합하는 친구를 찾아라

- 친구가 필요한 이유 -

옛날 로마시대에 시라규스의 용감한 장군 피스어스는 포악한 왕을 암살하려던 음모가 발각 되어 사형선고를 받았습니다. 사형이 집행되기 전 디오니소스왕은 피시어스에게 마지막 소원이 있으면 말해보라고 했습니다. 그는 고향에 있는 늙은 어머니에게 작별인사를 드리고 싶다며 잠시 고향에 다녀올 여유를 달라고 애원했습니다.

왕은 그가 속임수를 써 도망갈 것이라고 비웃으며 허락하지 않았습니다. 이때 이 소식을 들은 피시어스의 절친한 친구인 데이먼이 찾아와 왕에게 무릎을 꿇고 간청했습니다.

"내 친구 피시어스는 비록 중죄를 지었지만, 절대로 거짓말을 할 사람이 아닙니다. 왕께서 그를 의심한다면 제가 대신 옥에 갇혀 있을 것이니 부디 그의 소원을 들어 주소서."

교활한 왕은 그들의 우정을 시험해 볼 속셈으로 그의 청을 들어 주었습니다. 그런데 돌아오기로 한 약속 날짜가 다가 왔는데도 피시어스는 돌아오지 않았습니다. 드디어 사형집행 시간이 되어 데이먼이 사형장으로 끌려 나왔습니다. 많은 사람들이 모여들었습니다. 더러는 바보 같은 친구의 얼굴이나 보자며 비웃었고, 더러는 의리있는 친구의 마지막을 보자며 슬퍼했습니다. 처형장에 나온 왕이 친구 대신 죽게된 데이먼에게 심정을 물었습니다.

"피시어스에게 피치 못할 사정이 생겼을 것이니, 내가 죽는다 해도 조금도 원망하지 않습니다." 그는 태연했고 친구를 믿어 의심치 않았습니다.

이윽고 사형집행을 알리는 세 번째 북이 울리는 순간, 먼 곳에서 소리를 지르며 죽을힘을 다해 달려오는 한 사나이가 있었습니다. 헐레벌떡 달려오는 사람은 바로 피시어스였습니다. 그는 닷새 동안의 말미를 얻어 이틀 만에 고향에 당도하여 홀로 계신 노모에게 마지막 하직인사를 올리고 곧 바로 길을 떠났지만, 중도에 갑자기 폭우가 쏟아져 도저히 강을 건널 수가 없었습니다. 무리해서 건너가다가 행여 죽기라도 한다면, 데이먼이 대신 죽게 될 것을 생각하니 그럴 수도 없었습니다. 이틀을 걸려야 돌아올 수 있는 길을 하루에 돌아와야 했던 피시어스는 사력을 다해 달렸고 천신만고 끝에 사형직전에 당도할 수가 있었던 것입니다. 이 광경을 지켜보던 디오니소스 왕은 매우 교활하고 포악했던 왕이었지만 두 사람의 우정과 신의에 깊은 감동을 받고, 피시어스의 죄를 용서해 주고 두 사람에게 나라의 중책을 맡겼습니다. 그 후 폭군이었던 디오니소스 왕은 마음을 고쳐 선정을 베풀어 시라규스의 존경 받는 성군이 되었습니다.

친구라는 인간관계는 우리의 생활에서 큰 비중을 차지하고 있습니다. 서로 주고받는 영향이 너무 크기 때문에 속담에 '마누라 팔아 친구 산다'는 말까지 생겨났습니다. 그 만큼 친구를 소중히 여기는 우리 전통은 우정을 인생의 높은 가치로 우러러 보게 하였습니다. 우정의 두터움을 나타내는 선인들의 남긴 고사가 많이 생긴 것도 우정의 가치를 높이 평가한 때문이겠지요.

세상에서 가장 절친한 어릴 적부터의 벗을 죽마지우(竹馬之友), 떨어 질레야 떨어질 수 없는 친밀한 사이를 수어지교(水魚之交), 또 쇠나 돌처럼 우정이 견고한 친교를 금석지교(金石之交), 서로의 의기가 투합하여 거리낌이 없는 친교를 막역지교(莫逆之交), 그리고 매우 다정하고 허물이 없는 친교를 관포지교(管鮑之交), 비록 목이 잘리는 일이 있더라도 마음이 변치 않을 만큼 신의가 있는 친구를 문경지우(刎頸之友)라고 일컬어 왔습니다.

앞에서 본 피시어스와 데이먼의 교우는 문경지우의 표본입니다. 친구를 위해 목숨까지도 마다하지 않는 교우야 말로 의리 있는 참된 친구요 진정한 우정입니다.

영국의 철학자 베이컨은 친구가 없는 세상을 황야에 비유했습니다. 황야를 혼자서 걸어가는 사람의 모습을 상상해 보세요. 얼마나 쓸쓸하고 처량하겠습니까.

우리에게 어려움이 닥쳤을 때 찾아갈 사람도 없고, 같이 의논할 상대도 없다면 우리의 생활은 얼마나 외롭겠습니까. 또 서로 믿고 의지할 수 없으며 고난과 역경을 함께 뚫고 나갈 친구가 없다면 우리들의 인생은 얼마나 쓸쓸해지겠습니까? 친구가 없는 인생은 생각할 수가 없습니다. 그래서 우리는 정다운 벗이 필요하고 서로 진심으로 마음을 터놓고 사귀는 막역한 친구가 있어야 합니다. 특히 남자의 생애에서 우정은 결정적인 의미와 가치를 가집니다. 친구가 없는 남자는 인생의 낙오자요, 패배자입니다. 우리는 고독하지 않기 위해서 정다운 친구가 필요하고 가치 있는 삶을 위해서 참된 친구를 가져야 합니다.

참된 친구란 신의가 있고 어려울 때 서로 도울 수 있는 친구이어야 합니다. 거기에다 의기 투합하는 친구라면 더 바랄 것이 없습니다. 뜻을 같이하여 위대한 것에 공통의 목표를 가지고 서로를 일깨우고 자극을 주고 격려하면서, 부단히 서로의 발전을 도모해 나가는 친구가 참된 친구입니다. 서로 협력하여 크고 높은 가치를 지향해 나아갈 때 가장 이상적이고 창조적인 우정이 탄생하는 것입니다.

부모를 공경하면 축복 받는다

- 아름다운 졸업식 -

미국 버지니아 주에 가난한 어머니와 아들이 살고 있었습니다. 목사였던 아버지는 일찍 세상을 떠나고 어머니가 세탁이나 청소 같은 궂은 일을 하며 아들의 학비를 조달해 왔습니다. 아들은 어머니의 노고에 늘 감사하며 열심히 공부해서 프린스턴 대학을 우수한 성적으로 졸업하게 되었습니다. 그는 졸업식장에서 총장으로부터 상을 받고 연설을 하게 되었습니다. 아들은 강단에 올라 다음과 같이 말문을 열었습니다.

"어머니 감사합니다. 나는 오늘 어머니의 은혜로 졸업하게 되었습니다. 그리고 우등상도 받았습니다. 이 상은 제가 받을 것이 아니고 어머님께서 받으셔야 합니다."

그리고 나서 그는 총장으로 받은 금메달을 초라한 옷을 입은 어머니의 가슴에 달아 드렸습니다. 이 모습을 지켜본 참석자들은 모두 큰 감동을 받았습니다. 그 아들이 후에 변호사와 대학교수를 걸쳐 미국 제28대 대통령이 되었습니다. 그가 바로 민족자결주의를 제창하고 노벨 평화상을 수상하기도 한 우드로 윌슨 대통령(1856~1924)입니다. 이 민족자결주의의 제창으로 우리 민족의 독립의식이 높아져 3·1운동의 기폭제가 되게 한 대통령으로 우리의 친근한 벗이기도 합니다.

어머니의 은혜에 감사하고 이에 보답하려는 윌슨의 그 효심을 극적으로 표현한 이 아름다운 졸업식의 이야기는 우리들로 하여금 효도에 대하여 자신을 되돌아보게 합니다. 사실 정성으로 키워주고 보살펴 주신 부모님의 태산 같은 은혜에 감사하고 효도로서 그 은혜에 보답함은 당연한 자식 된 도리지만, 부모님을 섭섭하게 해 드리는 자식들이 적지 않습니다. 인간은 다른 포유동물과 달라서 그 양육기간이 너무나 깁니다. 동물 세계에서는 태어나자마자 혼자 힘으로 살아갈 수 있지만, 한 어린애가 제 구실을 하기까지는 적어도 20년은 걸립니다.

인간은 부모의 양육 없이는 제대로 살아갈 수 없습니다. 나약하고 무력한 어린 생명이 자립할 수 있는 하나의 인간으로 키우려면, 부모의 무한량의 정성과 노고와 희생이 없이는 불가능합니다. 이 같은 부모의 큰 은혜와 높은 공덕에 대하여 자식이 효도로 보답함은 당연한 자식 된 도리입니다. 부모에게 효도를 해야 할 이유가 여기에 있습니다.

효경(孝經)에 이르기를 '무릇 효가 덕의 근원이며 모든 가르침이 여기에서 시작 된다'고 하여 효가 백 가지 행실의 근원이라 했습니다. 성경에는 기독교인이 지켜야 할 열 가지 계명이 있는데, 사람끼리 지켜야 할 계명 중의 첫째 제5계명인 '네 부모를 공경하라'는 계명입니다. 더욱이 여호와가 명령한 대로 부모에게 효도하면 복을 누리며 장수하는 축복까지 약속했습니다.

윌슨이 훗날 대통령이 되어 많은 업적을 남긴 위대한 인물이 된 것은 그가 부모를 공경함으로써 축복받는 생활을 해왔기 때문입니다.

경로사상은 동양인의 가장 아름다운 사상의 하나입니다. 현실에서 소외당하기 쉬운 늙은이를 공경하고 순종하는 태도는 인성의 가장 깊은 표현입니다. 효는 경로사상의 핵심입니다. 어르신을 받들어 모실 줄 아는 우리고유의 전통을 잘 살리고 소중한 유산으로 길이 간직해야 합니다.

72

체면이 목숨보다 귀한가

- 체면과 정절 -

정유왜란(丁酉倭亂 : 1597~1598)때 무안에서 실제로 있었던 일입니다. 임진왜란에 이어 또 다시 14만 대군을 이끌고 침입한 왜군은 가는 곳마다 갖은 만행을 일삼았습니다. 특히 부녀자들에 대한 겁탈이 극심하였습니다.

그때 참으로 비극적인 사건이 발생하였습니다. 한 부녀자가 왜적이 겁탈하려 달려들자 재빨리 집으로 들어가 깊숙이 숨어 버렸습니다. 분명히 집안으로 들어간 것을 본 왜적은 집안 샅샅이 뒤졌으나 찾을 길이 없게 되자, 그 집의 두 아들을 인질로 잡고 두 아들의 손을 뒤로 묶고는 쳐든 작두날 아래 목을 겨냥하여 뉘였습니다. 이제 작두를 내려 누르기만 하면 두 아들의 목이 동강이 날 운명에 처해 있었습니다.

모정을 미끼로 유도해 내려는 왜적들의 간악한 수작이지만, 그 형제의 어머니 배씨는 곳간의 다락 위에 숨어 이 작두 아래 멀뚱멀뚱한 이 아들의 네 시선을 문틈으로 보고 있어야만 했습니다.

세상의 어머니가 처할 수 있는 이토록 가혹한 상황은 동서고금에도 없었고, 세상 어느 곳에서도 그 유례를 찾아 볼 수 없는 일이었습니다. 지금 생사의 갈림길에서 울부짖는 두 아들과 어떻게든 겁탈을 당해서는 안 된다는 어머니 사이에서 우리는 당혹감을 금할 수가 없습니다.

물론 서양 사람들 같으면 정절을 희생하고 두 아들을 구했을 것입니다. 하지만 당시의 한국인은 아들을 희생하고 정절을 지킬 수밖에 없는 상황이었습니다. 드디어 왜적은 인질 효과가 없다고 판단되자 무자비하게 작두를 내리 눌렀습니다. 이제 비명도 그치고 두 아들의 머리가 동강나 뒹굴었습니다.

무엇이 이토록 가혹한 시련을 어머니로 하여금 감당할 수 있게 하였을까요? 그 처절한 현장을 지켜보면서 끝내 뛰쳐나갈 수 없게 만든 한국인의 가치관은 무엇일까요? 그것은 이른바 체면의식입니다. 목숨보다도 중히 여기는 체면 때문입니다.

더러는 '독한 계집, 애들이 죽는 것을 지켜보면서 곳간에 숨어 있어, 그것이 어머니이고, 사람이야' 하고 분개할 수도 있을 것입니다. 물론 어머니 배씨가 뛰쳐나갔다면 두 아들의 죽음이 걸린 비극은 없었을 것입니다. 그러나 그럴 수가 없었습니다.

그녀의 육체적 겁탈로 모든 것이 해결된다면 기꺼이 뛰쳐나갔을 것입니다. 하지만 그 후에 오는 수모는 가족은 말할 것도 없고, 그 가문의 문중 그리고 후손까지 욕을 입기 때문에 모성애를 누르고 그것을 감당할 수밖에 없었던 것입니다.

고려보(高麗堡)라는 지명을 중국의 여러 군데서 찾아볼 수가 있습니다. 병자호란 때 납치되어간 한국인들의 집단 정착지인 것입니다. 이 고려보의 한국인들이 조국에 돌아오지 않은 것은, 돌아가지 못하게 해서가 아니라 돌아감으로써 당할 엄청난 도덕적 제재 때문이었다고 합니다. 돌아가 산다 해도 이미 몸을 버린 모욕 때문에 가문의 체면을 지켜주기 위해 죽은 자처럼 타국 땅에서 살아야만 했습니다. 옛날이야기이지만 참으로 가혹한 체면 이야기입니다.

한국인처럼 체면의식이 강한 민족도 드물 것입니다. 한국인에게 있어 체면은 무엇보다 소중한 것이기 때문에, 어떠한 실리도 포기해야 하고 또 때로는 죽음까지도 불사합니다. 그러나 과연 체면이란 것이 어린 아이의 목숨과 바꿀만한 값어치가 있는지에 대해서는 곤혹을 느낍니다. 지금으로부터 400년 전의 이야기이니 현대적인 기준에서 말할 수는 없는 일이지만, 인도주의적 입장에서 보면 말도 안 되는 야만적인 행위임에 틀림이 없을 것입니다.

73

여자는 약하나 어머니는 강하다

- 위대한 모성애 -

요한과 베티는 깊은 산골에서 큰 농장을 꿈꾸며 살아가는 젊고 용감한 부부였습니다. 요한은 일주일에 한번씩 읍내에 나가 장을 보아 왔는데 너무 멀어서 하룻밤을 묵고서야 돌아 올 수 있었습니다.

그러던 어느 날 장을 보러 떠나는 남편은 밀린 일이 많아 하루 이틀 더 걸릴 것이라고 말했습니다. 그런데 뜻하지 않게 일이 벌어졌습니다. 집에 남은 베티가 빵을 굽기 위해 뒤뜰에 있는 장작더미에 손을 내미는 순간 장작더미 속에 있던 독사가 순간적으로 베티의 다리를 물어 버린 것입니다. 얼떨결에 베티는 곁에 있던 도끼를 들어 사정없이 내리 찍었습니다.

그 순간 그녀는 혈관에 독이 스며들어 곧 죽에 될 것이라는 생각이 들었습니다. 베티의 머리에는 '나는 죽게 되는 것이 사실이지만 남편이 돌아오려면 2~3일이나 걸리는데, 그렇다면 두 아이는 어떻게 될까? 도와 줄 가까운 이웃도 없지 않는가. 아들 쟈니는 한 살도 못되고 딸 키티는 겨우 네 살이 아닌가.' 생각이 여기에 미치자 베티는 더 머뭇거릴 여유가 없었습니다.

'몸속에 독이 더 퍼지기 전에 아이들을 위하여 마지막으로 할 일을 해야 한다. 우선 먹을 것을 준비해 놓아야지. 빵을 굽고 우유도 손 닿는데 놓아두고 그러면 아빠가 돌아올 때까지 아이들은 살아남을 수 있겠지.'

그녀는 아궁이에 불을 지피고 빵을 굽기 시작했습니다. 몸은 점점 힘이 빠지고 눈도 점차 흐려졌습니다. 그러나 그녀는 계속 기도하면서 되도록 많은 빵을 굽기에 힘썼습니다. 그리고 나서 베티는 키티에게 조용히 그러나 힘있게 말했습니다.

"키티야, 이제 엄마는 곧 아주 깊은 잠에 빠지게 된단다. 그러니 너는 네 동생 쟈니를 잘 돌봐 주어야 해. 빵도 먹이고 우유도 먹이고……아빠가 돌아오실 때까지 울지 말고 잘 견뎌야 한다. 알겠니?"

베티는 여러 번 반복해서 딸에게 일렀습니다.

정오의 뜨거운 햇살을 받으며 뜨거운 아궁이 앞에서 마지막 순간까지 자녀를 위해 애쓰는 베티의 이마와 온 몸에서 물 흐르듯 땀이 흘러 내렸습니다. 그러나 줄줄이 흘러내린 그 많은 땀 덕분에 그녀의 혈관에서 독이 씻겨져 나와 그녀의 생명을 구할 수 있게 될 줄은 베티 자신도 알지 못했습니다.

그녀는 짧고도 아주 긴 시간에 자기가 해야 할 마지막 일을 거의 무시간적 개념에서 한 것입니다. 몇 시간이 지났을까, 이미 죽어 있어야 할 자신이 아직 살아 있다는 사실에 비로소 깜짝 놀라게 됩니다.

대체 모성애란 무엇입니까? 자식에 대한 선천적이고 본능적인 어머니의 사랑입니다. 어머니는 자식에게 사랑을 주기 위한 존재로 태어납니다. 어머니의 사랑은 주고 또 주고 아낌없이 주면서도, 어떠한 대가도 바라지 않고 주기만 하는 사랑입니다. 그러면서 주는 것이 기쁨이요 행복으로 여깁니다. 이것이 바로 모성애의 참 모습입니다. 그래서 어머니의 사랑은 고귀하고도 거룩하고 위대한 것입니다.

만약 하나님께서 인류가운데서 사랑의 모형을 찾는다면, 그것은 마땅히 어머니의 사람에서 찾아야 할 것입니다. 어머니의 사랑이야 말로 이 세상에서 가장 순수하고도 고귀한 것이기 때문입니다.

'여자는 약하다. 그러나 어머니는 강하다' 고 빅토르 위고는 말했습니다. 무엇이 모성으로 하여금 강하게 하는가? 그것은 자식에 대한 깊은 사랑입니다. 그 깊은 사랑이 어머니를 강하게 만드는 것입니다. 더욱이 위급한 상황에서의 자식에 대한 어머니의 사랑은 절대적입니다. 우리는 이 같은 어머니의 사랑과 똑같은 사랑을 마음속에 그대로 지닐 수 는 없습니다. 다만 그 사랑을 본받고 배우고 따르도록 힘쓸 따름입니다.

74

책임자는 책임질 줄 알아야 자격이 있다

- 살신성인의 표상 -

1990년 2월 26일, 선장과 선원 22명을 태운 100톤급의 자그마한 오징어잡이 배 하나호는 만선의 꿈을 안고 경남 대변항을 떠나 동지나해로 출항했습니다. 이들이 출어한 지 사흘째 되는 3월 1일, 제주도 남서쪽 동지나 해상에서 조업을 하던 선원들이 점심식사를 막 끝낼 무렵, 갑자기 바다가 심술을 부리기 시작했습니다.

최대 풍속 18~20m에 파도가 4~5m나 되는 폭풍이 백전을 때리며 방금이라도 하나호를 삼켜버릴 듯 집채같은 거센 파도가 휘몰아쳐 왔습니다. 조타실에서 키를 좌우로 돌려가며 파도사이를 조심스레 헤쳐나가는 유선장의 등엔 진땀이 배기 시작했습니다.

그 때 거센 파도가 배 옆구리를 한 치례 때리면서 기관이 클럭 클럭하는 소리를 내며 회전 속도가 떨어졌습니다. 오후 1시 51분, 쿵하는 소리와 함께 하나호는 왼쪽 선미 부분이 물속에 잠기면서 45도쯤 기울었습니다.

"배가 침몰한다! 빨리 탈출하라!"

유선장은 황급히 선원들에게 하선을 명령했습니다. 다급한 상황에서 선원들은 구명동의를 착용할 겨를도 없이 바닷물에 뛰어들었습니다. 뒤이어 내려진 구명보트가 바다위에 뜨자 물속에서 허우적거리던 선원들이 하나 둘 보트에 오르기 시작했습니다. 불과 4,5초사이의 일이었습니다. 선원들이 구명보트에 오른 것을 확인한 유 선장은 SOS를 치기 시작했습니다.

'배가 침몰하고 있다. 긴급구조바람! 긴급구조바람!'

배는 서서히 가라앉고 있었습니다. 그러나 유 선장은 계속 SOS를 타전하고 있었습니다. 그때 유선장이 아직 배에 남아 있는 것을 뒤늦게 깨달은 장수남 사무장은 소리치기 시작했습니다.

"선장님!. 빨리 배를 포기하고 탈출하세요!"

그러나 이 절규는 나선형의 소용돌이를 그리며 침몰하는 배꼬리에 묻혀버리고 말았습니다. 배가 기울기 시작한 지 불과 5분 만에 하나호는 유 선장과 함께 물속으로 자취를 감추고 말았습니다.

스물한 명의 부하선원을 구출하고 자신은 침몰하는 배와 함께 장렬한 최후를 마친 오징어잡이 어선 하나호 유정충 선장의 살신성인(殺身成仁)의 미담은 우리를 숙연하게 하는 동시에 가슴 뭉클한 진한 감동을 받게 합니다.

여기서 우리는 목숨을 바쳐 부하 선원의 생명을 구한 유 선장의 투철한 책임의식과 희생정신을 엿 볼 수가 있습니다. 그리고 인정이 메말라가는 우리 사회에 아직 살신성인하는 사람이 건재하고 있다는 것을 실증해 보여 주고 있습니다.

목숨은 귀한 것입니다. 우리의 목숨은 하나밖에 없습니다. 그 하나밖에 없는 목숨을 남을 위해 바친다는 것이 결코 쉬운 일이 아닙니다. 그래서 공자는 살신성인을 인간의 최고의 덕이라고 예찬했습니다. 내 몸을 바쳐 의를 실천한다는 것이 결코 아무나 할 수 있는 것이 아니기 때문입니다.

유 선장이 만일 먼저 살려고 허둥거렸다면 더 큰 비극이 일어날 수도 있었을 것입니다. 그가 선원들을 전부 하선 시킨 뒤 마지막으로 친 구조 신호에 의해 스물한 명의 선원은 구조될 수 있었습니다.

위기를 만났을 때 선장은 맨 마지막에 하선해야 한다는 예로부터의 바다 사나이의 모럴을 그는 철저히 지켰습니다. 참으로 고귀한 희생이 아닐 수 없습니다.

한 사회 또는 공동체가 위기에 처했을 때 그 위기를 벗어나기 위하여 필요한 것은 무엇보다도 모두가 힘을 합치는 일이며, 특히 집단의 지도자는 책임을 지고 행동하는 본을 보여 주어야만 합니다. 책임자가 솔선수범하지 않고서는 위기 탈출은 불가능합니다. 책임자는 책임을 질 줄 알아야 하며, 그렇지 못하면 책임자로서 자격이 없는 것입니다.

최근에 있었던 세월호의 참상을 떠올리며 배를 버리고 먼저 탈출한 선장의 무책임한 처신에 분노를 금할 수가 없습니다.

75

감사할 줄 알아야 행복할 수 있다

- '만종'의 의미 -

프랑스의 자유주의 화가로 유명한 밀레(Milet : 1814~1875)의 작품 중에 만종(晚鐘)이라는 그림이 있습니다. 황혼에 붉게 물들인 저녁 들녘에서 일손을 멈추고 조용히 기도하는 모습을 그린 그림입니다.

그는 주로 농촌 풍경과 일하는 농부만을 그렸지만, 그의 모든 작품 속에는 언제나 경건함이 스며있어 보는 이로 하여금 신앙적인 분위기에 매료하게 됩니다. 그 유명한 '만종'에 묘사된 정경 또한 그렇습니다.

「해가 지평선 저쪽으로 사라졌다. 그 위를 낙조가 붉게 수놓았는데, 끝없이 펼쳐진 들녘 저쪽에 조그마한 예배당 하나가 돋보인다.

저녁을 알리는 교회의 종소리가 은은하게 울려 퍼지고 있는 가운데 종일토록 추수하던 젊은 부부가 일손을 멈추고 조용히 고개를 숙였다.

"하나님, 오늘 하루도 건강한 몸으로 일할 수 있도록 도와주신 것을 감사드립니다.”」

이 한 폭의 그림에서 우리는 밀레가 나타내고자한 '행복의 삶'이 무엇을 의미하는 지를 생각해 보게 됩니다.

미국의 교육자 반 다이크는 밀레의 이 그림에 대하여 '사랑과 신앙과 노동을 그린 인생의 성화(聖)'라고 했습니다. 그렇습니다. 이 그림 속에는 확실히 사랑이 그려져 있고, 신앙이 그려져 있고, 노동이 그려져 있습니다. 그러나 나는 경건하게 머리 숙여 기도하는 모습에서 진정한 '감사의 삶'을 발견하게 됩니다. 하루의 노동이 끝나는 보람의 현장에서 하나님께 감사드리는 그 자세야 말로 인간의 행위 중에서 가장 아름답고 성스러운 모습일 것입니다.

행복은 어디서 오는가? 감사 할 줄 아는 마음에서부터 옵니다. 감사할 줄 모르는 사람은 절대로 행복할 수가 없습니다. 행복하기를 원한다면 먼저 감사하는 마음의 훈련과 습관을 쌓아 나아가야 할 것입니다. 인간이 살아가는 데에는 많은 사람들의 도움이 있어야 제대로 살아갈 수 있습니다. 우리는 여러 사람들의 은혜 속에서 행복을 누리고 살아갑니다. 특히 나를 낳아서 지성으로 키워주신 부모님, 나를 가르쳐주신 스승, 나를 도와준 친구들, 그리고 알게 모르게 좋은 영향을 준 이웃들의 대하여 감사해야 합니다. 우리는 은혜를 알고 보답해야 합니다. 이것이 사람으로서의 도리를 다하는 것이요, 인간의 본분을 지키는 것입니다.

어떤 사람은 감사할 것이 없다고 생각하는 사람도 있습니다. 내 힘으로 살아왔는데 남에게 감사랄 것이 뭐 있겠느냐고 말합니다. 그러나 곰곰이 생각해 보면 당신이 남의 도움 없이 전적으로 혼자의 힘으로 살아갈 수 있는가? 결코 그렇지는 못할 것입니다. 우리는 이 세상에 태어나서 많은 사람들이 나에게 베푸는 은혜와 신세 속에서 살아갑니다. 나는 결코 내 힘만으로 살아가는 것이 아니라, 남의 도움을 받으며 살아가는 것입니다. 범사(凡事)에 감사해야 할 이유가 바로 여기에 있습니다.

우리는 밀레의 '만종'에서 감사하는 삶을 배워야 합니다. 그리고 일생동안 고마워하는 마음. 감사하는 태도, 보은(報恩)의 정신을 가지고 살아야 합니다.

감사하는 마음, 그것은 행복의 원천입니다. 감사하는 마음을 가질 때 인생은 사는 것이 기쁘고 즐거워집니다.

어릴 때부터 감사하는 마음을 가지고 살아가면 우리의 뇌는 자연히 타인의 좋은 면을 발견하려고 노력하게 되고 대인관계도 원만하게 이루어지게 되어 세상을 밝고 명랑하게 살아가게 될 것입니다.

76

정성을 다하면 안 되는 일이 없다

- 성실의 대가 -

석유왕 록펠러가 세운 스텐더드 회사의 직원인 애치볼드에게는 '한 통에 4달러'라는 별명이 붙었습니다. 이것은 일에 대한 열정이 남달랐던 그가 출장지의 호텔 숙박부에 자신의 이름을 적으면서 그 옆에 작은 글씨로 '한 통에 4달러, 스텐더드 석유회사입니다.'라는 문구를 빠뜨리지 않고 기록하는 사실이 알려지면서 생긴 별명입니다.

동료직원들은 그의 그런 모습을 이해 할 수가 없었습니다.

'숙박부 이름 옆에 적은 그 한마디 문구가 무슨 의미가 있다고? 애치볼드는 바보짓만 하고 다닌다니까.'

이 같은 동료들의 빈정거리는 말에 그는 개의치 않았습니다. 언젠가는 자신의 작은 노력이 쌓여 회사에 큰 도움을 줄 수 있을 거라는 확고한 믿음을 가지고 있었습니다.

어느 날 캘리포니아의 한 작은 도시를 출장 간 그는 늦은 밤이 되어서야 호텔을 찾았습니다. 숙박부를 쓰고 방으로 돌아와 침대에 누운 그는 몹시 피곤했습니다. 그런데 갑자기 숙박부에 이름만 쓰고 온 것을 깨닫고는 다시 옷을 챙겨 입고 카운터에 가서 종업원에게 숙박부를 달라고 하고서는 '한통에 4달러, 스텐터드 석유회사입니다'라는 글을 꼼꼼하게 적어 넣었습니다. 옆에서 그의 행동을 유심히 지켜보던 한 신사가 왜 그런 것을 적는지를 물었습니다.

"우리 회사를 조금이라도 많은 사람들에게 알리려는 것입니다. 혹시 이 호텔을 찾은 손님 중에서 갑자기 석유가 필요한 분이 있다면 제 숙박부를 본 종업원들이 우리 회사의 것을 권할 확률이 높지 않겠습니까?" 그로부터 한 달이 지난 어느 날 애치볼드는 영문도 모르게 록펠러회장의 특별초청을 받고 본사를 찾아갔습니다. 거기서 뜻 밖에도 그는 캘리포니아 호텔에서 자기에게 물었던 그 신사가 바로 록펠러 회장이었다는 사실을 알고 놀라지 않을 수 없었습니다.

록펠러 회장은 그 자리에서 '당신처럼 회사 일에 정성을 다하는 사람과 함께 일을 해 보고 싶소' 하면서 본사에서 함께 일하자고 제의해 왔습니다.

이 일을 계기로 애치볼드는 록펠러의 믿고 신뢰할 수 있는 사람으로 인식되었으며, 이에 힘입어 열심히 일한 결과 록펠러의 뒤를 이어 석유왕이 되었습니다.

이 일화는 사람이 성실하고 맡은 바 임무에 정성을 다하면 언젠가는 반드시 알아주는 사람이 생긴다는 것을 보여 주는 흐뭇한 이야기입니다. 따지고 보면 그런 일 쯤 뭐 그리 대단한 것도 아닙니다. 성실한 사원이 어떻게 하면 자신이 속한 회사에 도움이 될 수 있을까 하고 아주 적은 일을 실천한 것뿐입니다.

그렇다고 창피를 무릅쓰고 호텔 숙박부에 '한통에 4달러, 스텐더드 회사입니다.' 라는 글귀를 적는 그런 일을 아무나 쉽게 할 수 있는 것도 아닙니다. 애치볼드는 사람이 성실하고 하는 일에 대한 열정이 남달랐기 때문에 그런 일을 할 수가 있었던 것입니다.

비록 애치볼드가 한 일이 하찮은 일이라 하더라도 한 가지 일을 보면 열 가지 일을 미루어 알 수가 있기 때문에 이런 사람이야 말로 회사가 필요로 하는 참으로 귀한 인재로 인식되어 록펠러가 그를 중용하게 된 것입니다.

성실처럼 사람을 믿게 하고 마음을 움직이게 하는 데에 있어 큰 힘이 되는 것은 없습니다. 정성을 다하는 성실한 사람에게는 언제나 도움을 주는 사람이 있게 마련입니다. 사람이 성실하다 보면 뜻하지 않게 도와주는 사람이 생기고 일이 쉽게 풀리는 경우가 많습니다. 그래서 지성으로 하면 세상에 안 되는 일이 없다는 것입니다.

77

말이 씨 된다

- 언어의 힘 -

일본의 연구가 에마로 마사루는 '말 한마디의 효력'에 대하여 밥을 가지고 실험을 했습니다.

밥을 똑 같은 두 유리병에 넣고 하나는 '감사합니다'라는 글씨를 써 붙이고, 다른 하나는 '망할 자식'이라는 글을 써 붙였다고 합니다. 그런 다음 날마다 두 초등학생에게 그 글귀를 각각 병에 대고 읽게 하였습니다. 그렇게 한 달이 지난 후 놀라운 사실이 들어 났습니다.

'감사합니다.'라고 말한 밥은 발효가 되어 향기로운 누룩 냄새가 나고 있었고, 반면에 '망할 자식' 이라는 말을 들은 밥은 형편없이 부패해 검은 색으로 변해 악취를 풍기고 있었습니다.

이 연구 결과는 사람의 언어에 담긴 생각이 하나의 에너지로 작용하여 미생물에게 영향을 준다는 것입니다. 미생물에게 그렇다면 다른 물질이나 일반 세포에도 마찬가지로 영향을 끼칠 것이 분명한 것입니다. 이 연구 결과를 보면 언 듯 수긍하기가 어렵겠지만, 이를 뒷받침하는 또 하나의 연구 결과가 나와 있으니 믿을 수밖에 없습니다.

우리나라 농촌 진흥청 잠사 곤충연구소 생체활성연구실에는 4년여에 걸쳐서 음악이 농작물에 미치는 영향을 조사했습니다. 아름다운 음악 소리를 듣고 자란 식물과 음악소리를 듣지 못한 식물을 비교한 연구를 해왔는데, 참으로 놀라운 결과가 발표되었습니다.

아름다운 음악 소리를 듣고 자란 식물이 그렇지 못한 식물보다 생육이 최고 44%나 더 증가 했다고 밝혔습니다. 또 해충의 생육이 발생률도 억제되어 수확이 현격히 증대 되었는데, 오이의 경우 보통 것은 무게가 1,500g 밖에 안 되었으나, 아름다운 음악소리를 듣고 자란 오이는 2,100g으로 향상되었다고 합니다. 음악도 음률이 있는 말 일진데 식물도 말의 지배를 받는다는 것을 분명히 보여준 조사 결과라 하겠습니다.

이 연구결과를 보면 예로부터 내려오는 우리나라 속담에 '말이 씨 된다' 는 말을 떠올리게 됩니다. 이 속담은 '불길한 말을 하지 말아라. 말하는 것이 현실로 나타날 수 있다' 는 뜻으로 함부로 말하는 것을 경계한 것인데, 위의 연구 결과는 '말이 씨 된다' 는 우리 속담을 과학적으로 실증해 낸 셈 입니다. 우리 조상들의 뛰어난 지혜를 보는 것 같아 긍지를 느끼게 됩니다.

무심코 내 뱉은 말은 살아서 움직입니다. 누군가의 가슴에 박혀서 영향력을 행사하는 것입니다. 함부로 남에게 지껄이는 말 한마디 잘못이 무서운 결과를 가져 올 수 있습니다. 특히 어린 자녀들에게 하는 말은 그대로 그들의 인생에 뿌리 박혀 깊은 영향을 끼칩니다. 말에는 이처럼 힘이 있습니다.

그러므로 우리는 부정적인 말을 함부로 해서는 안 됩니다. 언제나, 희망적이고 긍정적인 말을 습관화해야 합니다. 특히 자라는 자녀에게 하는 칭찬이나 격려의 말은 보약이 된다는 사실을 잊어서는 안 됩니다.

말은 살아 움직입니다. 우리의 뇌는 사실 관계와 주어를 구분하지 못하고 우리가 하는 말 대로 반응 합니다. 좋은 말이든 나쁜 말이든 우리가 자주 쓰는 말에 따라 우리의 미래가 결정됩니다. 그러므로 언제나 긍정적인 말, 희망적인 말, 축복의 말 같은 절제된 말을 해야 합니다.

78

참는 자가 이긴다

- 인내의 열매 -

고종(高宗)이 임금이 되기 전 그의 친아버지 이하응(李昰應)은 당시의 세도가 였던 안동 김씨로 부터 온갖 수모를 당하면서도 김씨 문전을 부지런히 드나들었습니다.

순조, 헌종, 철종 3대에 걸쳐서 세도를 누리던 안동 김씨 일파는 후사가 없는 철종의 대를 이을 다음 임금 때문에 왕손들에 대하여 지극히 경계를 할 때, 이하응은 그들의 감시를 피하기 위한 보신책으로 불량배와 어울려 파락호로 행세하며 위장해야만 했습니다. 그래야만 살아남을 수가 있었기 때문입니다.

그가 왕족의 신분이면서도 온갖 업신여김을 받아가며 김씨 가문을 기웃거리며 드나든 것은, 거기서 말석이라도 자리를 얻이 앉아 있어야 정국의 돌아가는 낌새를 알 수가 있었기 때문이었습니다. 그는 아무

자리에서나 마구 끼어들었고 주책없이 먹어대니 안동 김씨들이 핀잔을 주는 것은 말 할 것도 없고 때로는 문전박대하는 수모도 겪어야 했습니다.

그러나 이하응의 가슴 속에는 웅지가 도사리고 있었습니다. 그는 이미 새 왕을 지목한 전권을 쥐고 있는 대왕대비 조씨와 철종의 다음 임금으로 그의 둘째 아들로써 왕통을 잇게 할 것을 은밀하게 내락을 받고 있었던 터였습니다.

온갖 모멸을 감수해 가며 때를 기다린 그는 갑작스런 철종의 승하로 왕통을 잇게 된 그의 둘째 아들의 등극으로, 누대에 걸친 안동 김씨의 세도를 물리치고 마침내 조선 팔도를 호령하게 된 것입니다. 놀라운 집념이요 끈질긴 인내심이 아닐 수 없습니다.

사람을 깔보고 업신여기는 일 만큼 자존심을 상하게 하는 일은 없습니다. 누구나 수모를 당하게 되면 모멸감을 느껴 성을 내게 되고 그 성을 참지 못하여 화를 당하는 경우가 허다합니다. 하지만 수없이 수모를 당하면서도 일부러 미치광이 행세까지 하며 이를 악물고 때를 기다리기 위해 그 수모를 잘 참고 견디어낸 그 유명한 대원군 이하응, 그는 '상가 집 개'라는 별명까지 받는 수모를 당했지만, 큰 일을 도모하기 위해 무던히도 참고 참아 끝내 자기의 뜻을 펼 수가 있었습니다.

누구에게나 역경은 있습니다. 인내하고 자중해야 할 때, 그것을 참지 못하고 그 고비를 넘기지 못하면 큰 일을 도모하지 못하는 법입니다.

영국의 여류작가 제인 오스틴은 '네 마음 밭에 인내의 나무를 심어라. 그 뿌리는 쓰지만 그 열매는 달다' 고 했습니다.

참는다는 것이 결코 쉬운 일이 아닙니다. 앞에서 본 바와 같이 참아내기가 참으로 힘들지만, 그 어렵고 힘든 만큼 참아낸 결과는 값진 것입니다.

우리 주변에는 조금만 더 참고 견뎠더라면 잘 될 일을 인내력의 부족으로 그 고비를 넘기지 못해 큰 불행과 비극을 초래하여 후회하게되는 일이 얼마든지 있습니다.

그래서 옛 사람들은 백인(百忍)의 덕을 강조했습니다. 백 번 참고견디면 세상의 어려움이 풀리고 평온한 삶을 누리게 되기 때문입니다.

우리는 참는 마음, 참는 공부, 참는 생활을 통해서 인내력을 기르는데 힘써야 합니다. 인내한다는 것은 참으로 고통스럽고 힘겨운 일이지만, 화목과 평화와 승리를 이루는 알파와 오메가임을 깊이 명심하고 언제나 참아내는 지혜와 견디어 내는 힘을 길러 세상 어려움에 대처해 나가야 합니다.

제 8부

건강하게 오래 사는 길

모든 사람들이 건강하게 살기 위하여

건강에 관심을 가지고 건강하기에 힘쓰고 있으나,

사람마다 건강은 유지하는 방법은 다릅니다.

그것은 각자가 처한 환경과 형편이 다르고, 식사법이나 운동 방법이 다르고,

또 체질이나 의지 등에 따라서 달라질 수밖에 없기 때문입니다.

그래서 자기 나름의 건강법을 개발하여 실천할 필요가 있습니다.

무엇보다도 마음이 즐거워야 건강해지는 것입니다.

우리가 건강하려면 항상 평화로운 마음, 즐거운 마음, 감사하는 마음으로 살아야 합니다.

이것이 건강의 최대 비결입니다.

79
순리대로 살자
- 장수의 길 -

　건강하게 오래 살기 위해서는 흐르는 물처럼 살아야 한다는 것이
예로부터 내려오는 동양의 전통적인 건강관이요, 장수관입니다. 이것
을 한마디로 요약한 글이 상수여수(上壽如水)입니다. 가장 으뜸 되는
장수의 길은 흐르는 물과 같아야 한다는 것입니다. 이 상수여수설은
현대과학으로 입증하는 연구가 많이 나와 있습니다.

　캘리포니아 공과대학의 하이킹 박사는 24시간 조명으로 관리를 한
완두콩과 자연 그대로 자라는 완두콩의 성장과정을 비교해 보았습니
다. 처음에는 관리를 한 완두콩이 빨리 자랐지만, 중도에 발육을 중지
하더니 키도 작고 열매의 크기도 작았습니다. 조명뿐만 아니라 온도를
조절해 길러도 같은 현상이 일어났고, 그 열매는 5대째에 가서는 불모
화하여 씨를 심어도 돋아나지 않았던 것입니다.

이 같은 사실은 우리 주변에서도 경험으로 확인되고 있습니다. 밤에 전등이 켜 있는 가로등 주변에서 자라고 있는 작물은 잎만 무성하지 열매는 잘 열리지 않습니다. 이것은 곧 식물 자체에 자율 조정기능의 생체시계가 있으며, 그 시계대로 살아야지 인위적으로 관리를 받으면 해롭다는 결론에 이르게 됩니다.

또 케임브리지 대학의 하커박사는 바퀴벌레를 가지고 이 생체 시계의 기능을 실험했는데, 그것은 한 무리의 바퀴벌레를 밤낮을 바꿔 사육하는 실험이었습니다.

이 인공사육의 리듬에 길들여진 바퀴벌레의 신경세포를 자연 리듬으로 살아온 바퀴벌레에 이식 시켰더니 창자에 100%암이 발생한 사실이 학계에 보고되었습니다.

이것으로 미루어 보아, 인간의 삶에 있어서도 자연의 순리대로 살아야지 이를 역행하면 오히려 건강을 해치게 되어 장수하지 못한 다는 것을 알 수가 있습니다.

그럼 어떻게 사는 것이 장수하는 길일까요?

인생을 사는 원칙은 간단합니다. 모든 일을 순리대로 사는 것입니다. 순리대로 산다는 것은 사리에 맞게 사는 것입니다. 도리를 알고 도리를 존중하며 도리를 따라 살아가는 것이 순리대로 살아가는 길이요, 장수하는 길입니다.

성현들은 세상 살아가는 도리를 자연에서 찾았습니다. 상수여수의 가르침도 세상 살아가는 도리를 물에서 배워 장수하는 길을 찾으라는 것입니다.

그렇다면 물에서 어떤 도리를 배워야 할까요?

첫째, 물은 환경에 적응을 잘 합니다. 물은 상대방에게 거스리지 않고 오히려 상대방에 맞춰가며 흘러가는 유연스러움이 있습니다. 산다는 것은 변화하고 적응하는 것입니다. 모든 것에 적응을 잘하는 사람이 장수 할 수 있습니다.

둘째, 물은 천하의 만물을 이롭게 합니다. 물은 만물이 생을 이어갈 수 있도록 대가없이 베풀어 줍니다. 남을 이롭게 할 때 사는 가치가 있고 기쁨이 있고 행복이 있어 장수하게 됩니다.

셋째, 물은 언제나 낮은 데로 흘러갑니다. 인간은 자꾸 높은 데로 올라가려고 애쓰지만, 물은 자꾸 낮은 데로 흘러갑니다. 물은 결코 남과 다투지 않으며, 장애를 극복하면서 조용히 흘러갑니다. 우리는 물의 유연성과 겸손의 덕을 배워야 합니다. 그것이 세상을 살아가는 지혜요 장수의 길입니다.

우리가 건강하고 오래살기를 원한다면 물에서 적응력과 유연성 그리고 겸손의 덕을 배워 흐르는 물처럼 순리대로 살아 나가도록 노력해야 합니다. 사람의 본성이 물 흐름과 같아야 하듯 사람의 수명도 물 흐름 같아야 보전되는 것입니다.

80

할 일이 남아 있으면 죽지 않는다

- 활동하는 노인 -

세계적인 명지휘자 레오폴드 스토코프스키(1882~1977)는 영국 출신의 미국인으로 아메리카 교향악단을 창립한 사람입니다.

그는 매우 건강하게 장수한 사람인데 노년에도 정열적으로 활동한 것으로 유명합니다.

그가 말년의 어느 날, 런던에서 차이코프스키의 교향곡 '비창'을 지휘하게 되었는데, 그때 그는 이미 90 고개를 넘고 있었습니다. 지휘대에 올라갈 때에는 기어가듯이 올라가지만, 일단 지휘봉을 잡으면 구부정했던 허리는 쫙 펴지고 젊은이 못지않은 정열이 솟아나곤 했습니다. 그날도 그 긴 곡의 연주가 끝났을 때, 앙코르 곡을 세 개나 지휘했으니 참으로 젊은이 못지않은 놀라운 정열이 아닐 수 없습니다.

톨스토이나 러셀은 80이 훨씬 넘어서까지 저술 활동을 했으며, 피

카소는 죽는 날까지 젊음이 넘치는 그림을 그렸습니다. 서양에서는 이 처럼 고희를 넘어서까지 정열적으로 활동하는 사람들이 많습니다. 그들이라고 삶에 대한 집념이 우리보다 훨씬 모질기 때문만은 아닐 것입니다. 그러면 과연 무엇이 그들로 하여금 젊은이 못지않은 정열을 가지게 해 주었을까요?

그것은 늙어서까지도 자기의 능력을 믿고 이 세상에 아직도 자기가 해야 할 일이 남아 있다는 신념이 나이를 이겨내게 하는 힘을 낳고 있는 것입니다.

아프리카를 최초로 탐험한 선교사 리빙스턴은 어느 날 밀림에서 사자로부터 습격을 받아 갈비뼈가 부러지는 중상을 입었습니다. 그 위기에서 벗어난 그는 '사명을 완수할 때까지 나는 죽지 않는다'고 말했다고 합니다.

그렇습니다. 늙어서도 새로운 일거리를 찾아 이에 도전하고 성취해 보겠다는 강한 집념을 가진다면, 리빙스턴의 말대로 그 일이 끝날 때까지는 죽지 않고 정열적으로 일에 몰두할 수 있을 것입니다. '할 일이 남아 있는 사람에게는 죽을 틈도 없다.' 는 말이 실감나게 마음에 와 닿습니다.

정년 퇴직자가 갑자기 늙어버리는 것은 실제로 늙어서가 아니라, 자기는 이제 늙어서 쓸모없게 되었다는 의식 때문이라는 것입니다. 늙어서도 할 일이 있으면 젊은이 못지않게 정열적으로 삶을 유지할 수가 있습니다.

노후에도 한 세상이 남아 있습니다. 은퇴 후 적어도 10년 혹은 20년은 더 활동 할 수 있습니다. 우리는 또 다른 새로운 삶을 시작해야 합니다. 아직 못해 봤고, 앞으로 꼭 하고 싶고, 지금 보다 더 잘 할 수 있는 일을 찾아내, 자기 자신 만을 위한 인생을 살아갈 수 있는 기회로 삼는다면, 이처럼 행복하고 축복 받는 일은 없을 것이며, 장수의 길 또한 여기에 있는 것입니다.

지금까지 언제 자기가 하고 싶은 대로 하고 살 수 있었던 시절이 있었습니까? 이제 모든 짐 벗었을 테고 홀가분하고 부담 없는 여생을 자신만을 위한 보람된 일에 쓸 수 있다면 제2의 새로운 인생은 한결 즐거울 수 있을 것입니다.

노년기에도 새로운 삶을 시작 할 수 있다는 것은 예전에는 상상도 할 수 없었던 커다란 축복입니다. 노년기에도 기쁜 마음으로 새로운 삶을 개척해 나가는 활동하는 노인이 되도록 힘써야 할 것입니다.

건강한 생활 습관이 장수하는 길이다
- 한국 명의들의 건강 장수법 -

인간은 누구나 무병장수를 원합니다. 그러나 지금 현대인의 건강은 각종 질병으로부터 위협 받고 있습니다. 오래도록 건강하게 살고 싶은 희망, 그 꿈은 어떻게 이룰 수가 있을 것인지 한국의 석학들이 전하는 건강메시지를 살펴봅시다.

KBS가 책으로 펴낸 〈생로병사의 비밀〉에서 암학회와 순환기학회 그리고 당뇨학회가 추천한 한국의 명의 30인이 전하는 '건강하게 오래 사는 방법'을 공개 했는데, 과연 현대의학이 제시하는 건강 장수법은 어떤 것인지 그 건강 메시지 다섯 가지를 요약 소개합니다.

(1) 살을 빼라
비만 환자들에게는 항상 질병이 따라 다닙니다. 비만은 과식과 영양과잉 그리고 서구식 식습관 등의 영향으로 생기는 것인데, 이로 인해 생기는 당뇨병, 고혈압, 지방간, 동맥경화, 뇌졸중, 호흡장애, 불임, 퇴행성관절염, 심혈관 질환 등 여러 가지 질병이 최근 2년 사이에 30배나 증가하는 추세로 우리들의 생명을 위협하고 있습니다. 이것을 해결하는 길은 비만의 원인을 제거하여 살을 빼는 길 밖에 없습니다.

(2) 꾸준히 운동하라

우리나라 전체 인구의 약 11%가 만성질환으로 고통 받고 있는 것으로 밝혀졌는데, 그 원인으로 운동 부족과 스트레스 증가, 그리고 비만을 꼽습니다. 만성질환을 해결하고 건강을 지키려면 운동을 끊임없이 계속해야 합니다.

(3) 술을 자제하라

술은 일종의 독성물질이기 때문에 식도와 위 또 간에 직접 자극을 주어 알코올 중독, 위염, 간 경변, 식도암, 위암, 간암과 같은 질환에 걸리게 되므로, 음주는 하지 않거나 적당량만을 마셔야 합니다.

(4) 금연하라

담배를 많이 오랫동안 피울수록 고혈압, 당뇨 등 만성질환에 걸릴 확률이 높을 뿐만 아니라, 각종 암과 폐질환의 원인이 되며, 노화를 촉진시켜 주름이 많아집니다. 그래서 담배는 반드시 끊어야 합니다.

(5) 올바른 식습관을 가져라

장수한 사람들의 공통된 비결은 바로 거친 음식을 먹는 데에 있습니다. 모든 음식은 껍질채 먹는 것이 좋으므로, 현미 잡곡밥과 껍질 때 먹는 거친 음식을 먹는 것을 생활화해야 합니다.

(6) 그 밖의 또 다른 의견들

- 충분한 수면을 취하라 : 과로는 만병의 근원입니다. 충분한 휴식과 수면으로 생체 리듬을 건강하게 유지하는 것이 중요합니다.
- 무병장수의 집착, 건강염려증을 버려라 : 너무나 건강해지고 싶어 건강식품 등을 맹신하는 것이 오히려 건강을 해칠 수도 있습니다.
- 건강한 마음을 가져라 : 마음을 건강하게 다스리는 것도 중요합니다. 결국은 스트레스를 잘 다스리라는 것인데, 이 스트레스는 면역계의 저항력을 떨어뜨려서 여러 가지 질병에 쉽게 걸리게 하는 주범입니다.

인간은 누구나 무병장수를 소원합니다. 그러나 지금 현대인의 건강은 각종 질병으로부터 위협받고 있습니다. 오래도록 건강하게 살고 싶은 희망, 그 꿈은 어떻게 이룰 수 있을 것인가? 많은 학자들은 그 소망을 이룰 수 있는 길을 한 마디로 집약한다면 '올바른 생활습관'에 있다고 말합니다. 장수를 결정짓는 요인은 유전자가 아니라, 바로 자신의 생활습관에 달려 있다는 것입니다.

82

운동하고 또 운동하라

- 운동의 효과 -

운동을 하면 기분도 좋고 외모도 젊어지며 수명도 늘어납니다. 건강한 식생활은 규칙적인 운동과 병행될 때 최고의 효과를 낼 수 있습니다. 그러나 지나친 운동은 오히려 노화를 촉진시키고 면역체계를 약화시키므로 삼가 해야 합니다. 건강하게 오래 살기 위해서는 적당량의 운동을 규칙적으로 하는 것이 중요합니다.

장수마을 사람들은 하나같이 밖에서 농사를 짓거나 집안일을 하며, 오르막과 내리막이 뒤섞인 길을 매일 지나다닙니다. 이처럼 장수마을에서는 100세가 넘은 사람들도 예외 없이 일을 하면서 꾸준히 매일 몸을 움직이는 신체활동을 많이 하고 있습니다.

전 세계 장수마을을 두루 실펴보고 〈40대부터 꼭 알아야할 건강하게 나이 드는 법〉이라는 책을 저술한 장수학자 샐리 베어는 이 같은 장수 마을 사람들의 일상적인 삶의 모습을 전하면서 '운동은 장수하는데 가장 기본적이고 필수적인 요소라는 데 의심의 여지가 없다'며 '장수하고 싶으면 꾸준히 운동을 하라'고 권하고 있습니다.

그럼 운동을 하면 어떤 효과가 있는지 그의 설명을 들어 봅니다.

(1) 운동을 하면 외모가 더 젊어 보이고 기분도 좋아질 뿐만 아니라, 불안감과 우울증을 줄여주며 스트레스를 없애 줍니다.

(2) 적당한 운동은 암 발생의 위험을 줄여주고, 남자는 대장암을, 여자는 유방암의 위험을 낮추는 효과가 큽니다.

(3) 운동을 하면 혈액순환이 잘되어 더 많은 영양분이 몸의 각 세포에 효과적으로 전달될 수 있고 노폐물 배출이 잘 작동되도록 해줍니다.

(4) 또한 운동은 백혈구의 기능을 높이고 몸의 독성 물질을 땀으로 배출시킴으로써 면역체계를 향상시키고, 신진대사가 잘 이루어져 살을 빼는 데도 효과적입니다.

(5) 적당한 운동은 여성의 경우 난산을 예방하고 임신하는 데 도움이 되며, 골다공증의 위험을 줄여 줍니다.

(6) 하버드 의과대학의 연구에 따르면 매주 한 시간 이상 달리기를 하는 사람은 심장병에 걸릴 위험이 42%나 줄어들고, 규칙적으로 운동을 하면 혈당수치가 떨어져 결국 노화 속도를 감소시켜 수명이 연장된다고 했습니다.

그러면 어떻게 운동하는 것이 효과적일까요?

(1) 가장 좋은 운동은 몸 전체를 움직일 수 있는 걷기 운동이 가장 효과적입니다. 매일 30분 동안 활기차게 걷기만 해도 몸무게가 실리는 전신 운동이기 때문에, 뼈를 튼튼히 하고 골다공증을 막는 데 도움이 됩니다. 활기차게 걷는 것은 달리기보다 더 건강에 좋을 수도 있습니다.

(2) 운동한다고 모두 효과가 있는 것은 아닙니다. 유산소운동을 해야만 진정한 효과를 누릴 수 있는데, 이 운동을 하면 호흡을 더 깊게 하게 되어 산소와 영양분이 필요한 곳으로 더 많이 도달하게 하고 심장의 기능도 향상됩니다. 유산소 운동에는 걷기, 수영, 춤추기, 등산, 축구, 자전거 타기, 테니스, 롤러블레이드 타기 등이 있습니다. 유산소운동은 운동을 하면서 숨을 더 깊게 많이 쉬게 합니다.

운동이란 계속하다 보면 언제부터인가 운동을 하지 않으면 몸이 가뿐하지 않고 기분이 좋지 않는 것이 금방 느껴져서 점점 운동을 더하고 싶어지게 됩니다. 지금부터라도 규칙적으로 운동을 시작합시다. 시작하기에 너무 늦은 때란 없습니다. 시작이 반입니다.

83

식생활을 바꾸면 오래 살 수 있다

- 장수마을의 식생활 -

과학자들은 인간의 잠재적 수명을 최대한 다 산다면 120세까지 살 수 있다고 말합니다. 단순히 오래 산다는 것만 뜻하는 것이 아니고, 100세에도 80세처럼 보이고 나이가 몇이든 상관없이 활력이 넘치게 살 수 있다는 얘깁니다.

그렇다면 어떻게 하면 잠재수명을 다 누리며 건강하게 오래 살 수 있을까? 답은 의외로 무척 간단합니다. 그리고 더 중요한 것은 건강하게 오래 살기 위해서 애쓰는데 늦은 때란 없으며, 누구나 지금 당장 시작해도 된다는 것입니다. 지금 바로 시작만 하면 생물학적으로 더 젊어질 수 있고, 노화를 거꾸로 되돌릴 수 있으며, 질병과 세월을 멀리 떠나보낼 수 있다는 것입니다.

이 축복의 메시지를 전해준 사람은 영국의 장수학자 샐리 베어 여사입니다. 그녀는 식생활을 바꾸어 건강이 극적으로 좋아지는 체험을 한 것을 계기로, 영양학을 전공하고 장수하면서도 여전히 젊음을 유지하는 사람들만의 건강비결을 알아내기 위해 직접 세계5대 장수마을들을 살핀 끝에 〈40대부터 꼭 알아야할 건강하게 나이 드는 법〉이란 저서를 통해 그 건강비결을 밝혔습니다. 그 비결이 과연 무엇인지 그녀의 저서에서 살펴봅니다.

더 오래, 더 젊게 살 수 있는 방법을 결론부터 말하면, 그것은 우리가 먹는 음식에 답이 있다고 합니다. 실제로 음식만 올바르게 먹어도 위험한 질병은 피할 수 있기 때문입니다.

그럼 장수마을 사람들의 첫째가는 건강비결인 식생활은 어떤지 살펴봅니다.

건강한 식생활의 원칙은 간단합니다. 신선한 과일과 채소를 많이 먹으면서 정제된 탄수화물보다는 통곡식과 몸에 좋은 지방을 골라먹고, 고기는 적게 먹으며 조리시간은 되도록 짧게 하는 것입니다.

건강식품에는 각종 야채와 허브, 콩류와 생선, 거기에 맛을 내는 마늘과 양파, 생강과 간장, 약간의 와인 등 다양한 식품이 포함됩니다.

이렇듯 세계 장수마을 사람들이 즐겨먹는 음식들은, 칼로리 걱정이나 맛없는 음식을 참고 먹어야 하는 의지력 같은 것이 전혀 필요 없는 것들입니다. 많은 사람들이 건강식품이라 하면, 맛이 없는 음식을 억지로 먹어야 한나는 선입견은 크게 잘못된 생각입니다.

미국 공중위생국은 1988년 '건강과 영양에 관한 보고서'에서 미국의 사망자 가운데 약 75%는 영양 부족과 관련이 있다고 발표했습니다. 국가적 차원에서 비만과의 전쟁을 선포할 정도로 잘 먹어서 비만이 심각한 나라가 미국인데, 사망자의 75%가 영양부족과 관계가 있다는 것은, 그만큼 잘못된 식생활이 만연돼 있다는 얘깁니다.

이들이 질병에 걸릴 위험이 높아지는 원인은 한 가지 밖에 없습니다. 그것은 바로 음식을 골라 먹지 않고 편식을 해서, 영양은 부족하고 온갖 오염물질로 가득한 음식을 먹기 때문입니다.

많은 사람들이 나이가 들면 병이 생기는 것은 어쩔 수 없는 일이라고 생각하고 있지만 그렇지 않습니다. 식생활과 생활습관을 조금만 바꾸면 이런 질병에 걸리지 않고도 노년을 얼마든지 건강하게 보낼 수가 있습니다.

식생활을 바꾼 사람들이 공통적으로 경험하는 효과로는 피부가 좋아지고 몸무게가 줄며 힘이 넘치고 온갖 통증이 사라지고, 아침에 침대에서 벌떡 일어날 수 있다는 것을 꼽습니다.

만약 이러한 효과를 최대한 누려서 덤으로 10년 또는 20년을 더 건강하고 행복하게 살 수 있다면 한번 시도해 볼만 하지 않을까요.

84

굳은 의지만 있으면 건강은 회복할 수 있다

- 축복의 메시지 -

　미국 메네소다 주의 테론레크에서 살고 있는 노엘 존슨은 어릴 때부터 병이라는 병은 하나도 빠뜨리지 않고 다 걸린 병력이 있을 정도로 몸이 너무 허약했습니다. 늘 감기에 걸려서 콜록콜록 기침을 하고 특히 신장이 나빠서 일부를 잘라내는 수술까지 받았습니다.

　그렇게 약한 몸이면서도 용케 69세까지 간들간들 살아 왔는데, 이제는 심장이 너무나 약해서 단 10보도 걷지 못하게 되자 의사는 어떠한 일을 하든지 생명이 위험하다고 충고했고, 생명보험 가입도 거절당했습니다. 이제는 죽는 길밖에 남아있지 않았습니다.

　그런 그가 70세 때에 일대 결심을 했습니다. 체질을 개선해서 다시 한 번 인생을 살아보자는 결심이었습니다.

　그는 건강에 관한 많은 책을 읽는 가운데 노쇠한 신체도 단련을 하면 재생시킬 수 있다는 것을 굳게 믿고 자기 나름의 독특한 건강법을 개발하여 굳은 의지로 매일 같이 줄기차게 꾸준히 실행하여 마침내 건강을 회복하는 데 성공했습니다.

그의 건강법의 기본원칙은 첫째, 굳은 의지로 정신관리를 철저히 하고, 둘째, 올바른 자연식을 해서 충분한 영양을 취하고, 셋째, 달리기와 호흡법에 중점을 둔 운동을 꾸준히 실행한다는 것입니다.

건강을 회복한 그는 불가능에 도전하여 미국 제일의 노인 마라톤 선수가 되고, 또 세계 제일의 노인 권투선수가 됨으로써, 불가능은 없다는 신화를 만들어내 대통령과 국회로부터 표창장을 받은 이 시대의 가장 용기 있는 위대한 건강 인이 되었습니다.

이 노엘 존슨의 이야기는 누구나 기적 같은 사실에 감탄을 금할 수 없게 됩니다. 참으로 대단한 의지의 노인입니다.

그는 '나는 꼭 젊어진다. 나는 기어이 20대 청춘으로 되고 만다. 불가능은 없다. 하면 된다'는 굳은 의지로 매일 같이 줄기차게 자기 나름의 건강법을 꾸준히 실행하여 마침내 건강을 회복 했습니다.

그리고 그는 불가능에 도전하여 마라톤 선수가 되고 또 권투선수가 됨으로써 '불가능은 없다'는 신화를 만들어냈습니다.

이 이야기는 우리에게 굳은 의지만 있다면 누구나 병을 고치고 건강을 회복할 수 있다는 자신감을 갖게 해주었을 뿐만 아니라, 장수에 대한 희망을 가지게 해주었습니다. 이것은 인간에게 더 없는 축복의 메시지요, 기쁜 소식이 아닐 수 없습니다.

건강은 인간의 제일 큰 밑천이요, 가장 중요한 재산입니다. 건강해야 인생을 즐겁게 살 수 있고 뜻한 바를 성취할 수 있습니다. 그래서 건강은 인간의 최대의 관심사요, 만인이 바라는 간절한 소원입니다.

건강은 값을 매길 수 없는 보물입니다. 아무리 황금만능의 시대라지만, 건강은 돈으로 살 수도 팔수도 없고, 빌려 줄 수도 빌려 쓸 수도 없습니다. 건강은 자기만이 관리할 수 있는 유일한 재산입니다. 그러므로 건강은 스스로 유지하는 길밖에 없습니다.

건강해야 사는 기쁨이 있고 행복이 있고 보람이 있습니다. 그래서 누구나 건강하기를 원하는 것입니다. 그러므로 건강은 인생의 기본적 가치요 중요한 재산입니다.

우리는 언제 건강을 잃게 되는지 모릅니다. 병마나 사고가 항상 우리의 생명을 노리고 있습니다. 그러므로 늘 건강에 조심해야 합니다. 건강관리에 소홀하고 무관심하다는 것은 자기 인생에 대하여 태만하고 무책임한 것입니다. 한 사람에 있어 건강은 곧 생명이고, 가족에게 있어서는 등불이며, 나라에 있어서는 발전의 밑천이 된다는 사실을 명심하고 건강을 지키기 위해 노력해야 합니다.

85

건강 백세 장수는 자기하기 나름이다

- 장수를 위한 10가지 방법 -

많은 사람들은 장수하는 데에는 뭔가 대단한 비결이 있을 것이라고 생각하는 경향이 있습니다. 그러나 장수 전문가는 기적을 일으키는 장수의 묘약이나 묘책은 존재하지 않으며, 장수하는 것은 순전히 본인 하기에 달렸다고 말하고 있습니다.

과학자들은 인간의 잠재적 수명을 최대한 다 산다면 120세까지 살 수 있다고 합니다. 그럼 어떻게 잠재 수명을 다 누리며 건강하게 오래 살 수 있을까요?

그 답은 의외로 간단합니다. 그 소망을 이룰 수 있는 길은 한마디로 집약하여 말한다면 '올바른 생활습관'에 있습니다.

다시 말하면 식 생활을 바꾸고 규칙적으로 운동하고 마음을 평안하게 하는 생활습관을 가지면 노화와 관련한 대부분의 질병은 예방 할 수 있고 노화속도를 늦춰 더 젊고 건강하게 살 수 있다는 것입니다.

건강하고 즐겁게 지내면서 장수하는 것이야말로 모든 사람들이 한결같이 소망하는 꿈입니다. 그래서 많은 사람들이 어떻게 하면 건강하게 오래 살 수 있을까 하고 그 비결을 알고 싶어 합니다. 여기 그 질문에 명쾌하게 답하는 당수전문가가 있습니다.

서울대의대 박상철 교수(체력과학 노화연구센터 소장)가 우리나라 100세 이상 고령자 1,653명을 대상으로 장수하는 원인을 조사한 결과 장수하는 비결이란 지극히 '평범한 생활을 하는 것'이라고 결론짓고 있습니다. 다시 말하면 근면 성실하고 부지런하되 음식을 골고루 먹으며, 항상 긍정적인 생각과 집안 대소사에 관여하는 등 지극히 평범한 일상이 바로 장수의 비결이었다고 말합니다. 결국 장수하는 데에 특별한 비결은 없으며 장수하는 것은 순전히 본인이 하기에 달렸다는 것입니다.

박상철 교수는 오랜 연구 결과를 토대로 '장수를 위한 10가지 방법'을 〈건강 다이제스트〉에 요약 발표했는데, 그 내용을 옮겨 봅니다.

(1) 특별한 장수음식이란 없는 듯, 좋아하는 음식은 제각각이었으며, 정해진 시간에 적정량을 규칙적으로 먹는 것이 첫 번째 비결입니다.

(2) 무조건 소식(小食)이 능사가 아니며, 젊었을 때보다 상대적으로 적게 먹는 것이 건강할 수 있는 두 번째 장수비결입니다.

(3) 지나치게 자식에게 의존하지 말고 자기 문제는 스스로 해결하고 항상 편안하고 화목한 가정을 만들 수 있도록 먼저 노력합니다.

(4) 집안의 소일거리도 좋고 자신만의 취미생활이나 봉사활동 등

스스로의 존재가치를 깨닫는 일을 꾸준히 하는 생활을 합니다.

(5) 머리를 바쁘게 굴리는 노인의 경우 치매의 불안감에서 해방될 수 있습니다. 평상시 책을 자주 읽고 주변 사람들과 대화하는 것이 좋습니다.

(6) 늙으면 외롭고 서러울 때가 많습니다. 친구를 많이 사귀고 인간관계를 좋게 하여 외로움을 떨쳐버리게 되면 장수할 수 있습니다.

(7) 매일 불규칙하게 살다보면 건강에 적신호가 옵니다. 규칙적인 식생활과 취침 등을 계획대로 실천한다면 오래 살 수 있습니다.

(8) 장수마을은 대개 기복이 심한 지형이라고 합니다. 산에 오르내리느라 운동량이 많은 덕분에 오래 살 수 있으니 등산을 생활화 하도록 합시다.

(9) 기름기가 많거나 달고 짜고 매운 음식은 멀리하고 술 담배를 금해야 합니다. 돼지고기는 가급적 삶아서 먹는 것이 건강에 좋습니다.

(10) 장수하는 사람들은 특별한 지병이 없습니다. 평상시에도 자주 건강을 위한 정기검진을 꾸준히 받아야 합니다.

요즘 노인들 사이에선 '9988234'라는 숫자가 유행이라고 합니다. '99'세까지 '팔팔'하게 살고 '이틀'만 앓다가 '사흘'째 되는 날 '죽는 것이 행복한 인생이라는 뜻입니다. 부디 모든 분들이 건강하게 장수하셨으면 좋겠습니다. 아울러 장수란 내가 만들어가는 것입니다.
여러분이 장수하고 싶다면 먼저 새로운 일과 삶의 가치를 찾으세요.

86

하루 만보 이상을 걸어라

- 걷기의 효과 -

KBS의 '생로병사의 비밀' 프로에서 '마사이족처럼 걸어라'라는 다큐멘터리가 반영된 후 세계에서 강장 많이 걷고 또 잘 걷는다는 아프리카 케냐의 마사이족에 대한 관심이 집중되고 있습니다.

마사이족은 하루 평균 3만보 이상을 걷는 것이 일상생활인데도 이들에게서는 피로감을 찾아볼 수 없을 뿐만 아니라, 고혈압, 심장병, 당뇨병 같은 성인병 환자가 지금까지 단 한 사람도 없었다는 것이 주목의 대상이 되었기 때문일 것입니다.

도대체 걷기와 건강은 어떤 관계가 있는 것일까요? '생로병사의 비밀' 취재팀이 밝혀낸 주요 내용 을 옮겨 봅니다.

(1) 걸을 때 우리 몸에서 생기는 일

걸을 때 한 걸음을 떼는 순간 발바닥으로 압력이 가해지면서 우리 몸속의 혈액은 압력을 받아 혈관을 타고 흐름이 빨라지기 시작합니다. 빨라진 혈액은 심장을 지나 머리끝까지 이릅니다. 마치 펌프질하는 것과 같은 이치입니다. 걷기를 시작하면 혈관 속에 혈액이 이동하지 않고 뭉쳐있던 것이 다 사라지고 혈액의 양도 늘어나는 것을 확인할 수 있습니다.

그렇기 때문에 걷기를 규칙적으로 3개월 이상하면 대부분 심장과 혈관에 쌓이는 노폐물 즉 콜레스테롤이나 중성지방의 수치를 낮출 수 있습니다. 더불어 혈관이 확장되는 효과도 얻을 수 있습니다.

(2) 걷기 운동으로 얻는 효과

① 걷기 운동은 무릎 주변의 근육을 강화시켜 관절염 증상을 약화시킵니다. ② 규칙적인 걷기를 할수록 면역체계가 강화됩니다. ③ 걷기 운동을 하면 혈압이 내려가고 콜레스테롤 수치가 낮아져서 심장마비의 위험을 절반으로 줄일 수 있습니다. ④ 꾸준히 걷기 운동을 하면 뇌졸중발생 가능성이 40%나 낮아지고, 당뇨병에 걸릴 확률이 60%나 줄어듭니다. ⑤ 특히 70대에 걷기 운동을 하면 골다공증에 걸릴 확률을 30%이상 낮출 수 있습니다. ⑥ 지속적으로 하루 만보이상 걷기 운동을 하면 8년 정도는 더 건강하게 오래 살 수 있습니다.

(3) 효과적인 걷기 운동의 방법

① 파워 워킹을 하는 것이 효과적입니다. 팔을 90도 각도로 힘차게 흔들면서 보폭을 넓히고 힘차게 빨리 걷는 것입니다. ② 운동화는 체중의 1% 정도로 가벼운 것을 신어야 합니다. 밑창이 부드럽고 탄력이

있어야 발바닥 전체에 충격이 고루 분산되어 발이 피로하지 않습니다. ③ 보폭은 키의 40%를 유지하도록 하고, 되도록 큰 보폭으로 걷는 것이 좋습니다. ④ 탈수를 예방하기 위해서 운동 중에 꼭 물을 마시는 것이 좋습니다.

(4) 뒤로 걷기로 얻는 효과

뒤로 걷기는 무릎 관절을 젊게 합니다. 노인 인구 중 80%는 퇴행성 관절염을 앓고 있어 무릎의 통증으로 괴로워하고 있습니다. 뒤로 걷게 되면 평소 사용하지 않는 뒤쪽의 근육을 사용하기 때문에 무릎 뒤쪽 연골을 튼튼하게 보호할 수 있어 나이 들면서 생기는 관절염을 예방하는데 도움이 됩니다.

걷기는 뛰는 것보다 무릎에 부담이 적고 부작용이 없는 완벽한 운동법입니다. 수많은 의학자가 공통적으로 권하는 성인병 치료법은 1주일에 5일, 30분씩 걷는 '530운동' 입니다. 이를 통해 하루 만보이상 걷는 것이야말로 성인병을 이길 수 있는 지름길입니다.

87

장수하고 싶으면 소식을 하라

- 소식의 효과와 요령 -

'오래 살고 싶으면 조금 덜 먹는 소식(小食)을 실천하라'는 것이 모든 장수학자들의 공통적으로 권하고 있는 장수비결입니다. 그러나 이를 실천하기란 말처럼 쉽지가 않습니다. 식욕은 본능인데다가 한창 맛있게 먹던 숟가락을 놓기란 결코 쉽지 않기 때문입니다.

거기에다 우리의 의식에도 문제가 있습니다. 그 옛날 못 먹고 못살던 시절의 우리들의 의식 속에는 '잘 먹는다는 것은 곧 많이 먹는 것'으로 여겨왔기 때문에 오늘날에도 늘 '많이 먹어라'는 말을 하고 있습니다. 그런데 그 결과는 어떠한가요? 심각한 영양과잉으로 인한 비만 때문에 찐 살을 빼기 위해 아까운 시간과 돈을 낭비하고 있습니다.

포천 중문의과대학 차 바이오 메디칼센터의 김상만 교수는 이 같은 미련스러움에서 벗어나야할 때라며, 이에 가장 효과적인 방법은 소식을 실천하는 것이며, 이것은 내 몸을 건강하게 하고 장수하는 길이라고 말하고 있습니다.

그는 소식을 하면 ① 다이어트가 저절로 되고 ② 몸의 독소를 배출해주며 ③ 피부가 좋아지고 ④ 면역력을 높이며 만성피로를 해소시켜주는 효과를 얻을 수 있다고 말합니다.

이렇듯 내 몸에 좋은 것이 소식이지만, 이를 실천할 때에는 요령이 필요하다는 김상만 교수는 '무조건 적게 먹는 것이 소식은 아니다'며 다음과 같은 요령으로 소식을 하도록 권장하고 있습니다.

① 항상 조금 모자란 듯하게 먹는 습관을 들여야 하며, 가능한 한 30%의 절식에 도전해 보도록 할 것.

② 먹는 양을 급작스럽게 줄이지 말고 서서히 줄려나가도록 할 것.

③ 가공식품은 먹지 말고 자연 그대로의 거친 음식인 현미, 잡곡위주의 식사를 하도록 할 것.

④ 규칙적으로 하루 두 끼 혹은 세 끼를 먹는 것은 괜찮지만, 적게 자주 먹거나 간식을 하지 말 것.

⑤ 맵고 짜고 단 것 등 강한 자극적인 음식은 멀리 할 것.

⑥ 야채는 매 끼마다 먹도록 하고 해조류도 자주 먹을 것.

⑦ 제철 과일을 즐겨 먹되 식사와 함께 먹을 것.

⑧ 매일 규칙적으로 운동을 꾸준히 할 것.

김상만 교수는 지금까지 연구의 결과 건강하게 사는 방법으로 ① 적낭한 체중 유지 ② 간식 안 먹기 ③ 규칙적인 운동 ④ 하루 7~8시간 수면 ⑤ 금연 ⑥ 적당한 음주 ⑦ 아침 꼭 먹기 등 7가지가 있다고 밝히고,

이들 방법은 모두 소식과 관계가 깊다고 말합니다.

그러고 보면 건강하게 오래 사는 장수혁명은 그야말로 우리 손에 들려 있는 셈입니다. 건강, 장수를 가능케 하는 열쇠가 바로 여기에 있기 때문입니다. 따라서 건강하고 장수하는 문제는 내가 실천할 의지가 있느냐에 달려있습니다. 더욱이 소식의 방법은 누구나가 다 어렵지 않게 실천할 수 있는 상식적인 방법이기 때문입니다.

인간은 원래 120세 이상의 수명을 부여 받았지만, 그것을 전부 사용하지 못하고 있습니다. 현대의학에서 그 가장 큰 원인은 과식에 있다고 지적합니다. 과식을 해서는 안 되는 이유로 비만과 성인병을 들고 있지만, 그보다 과식은 몸의 해로운 활성산소를 몸 안에서 발생시켜 신체를 녹슬게 하고 유전자를 파괴해서 암을 발생시키기 때문입니다. 수명 단축의 주범은 바로 과식입니다.

물은 많이 마실수록 건강에 좋다

- 물이 하는 작용 -

우리 몸의 기본이 되는 물, 그 물을 하루 2*l* 이상 마시는 것이 좋다고 알려지면서 사람들이 너도 나도 물을 많이 마시기를 생활화하는 좋은 풍조가 일어나고 있습니다.

그런데 왜 하루에 2*l* 이상 마셔야 하는 걸까요? 물이 우리 몸에 어떤 작용을 하며 왜 좋은지, 물에 대한 모든 것을 알아봅니다.

사람은 물이 없으면 살 수가 없습니다. 우리가 숨 쉬고 말하고 호흡하는 것이 물로 인해 이루어지기 때문입니다. 에너지를 생산할 때 탄수화물과 지방, 단백질을 태우는 데도 물이 필요하며 우리 몸의 모든 대사를 조절하는 것 역시 물의 역할입니다.

물은 계속 소모되고 소모된 만큼의 물을 또 흡수해 줘야 합니다. 물을 흡수해 주지 않으면 에너지를 생산할 수 없어 결국 죽게 됩니다.

연세대 대학병원 가정의학과 강희철 교수는 '우리 몸은 하루 최소 500g의 물을 필요로 하는데 운동을 해서 땀을 흘린다거나 소변을 봐서 물을 내보낼 경우 그보다 더 많은 양의 물을 원하게 되기 때문에 아무리 많은 물을 섭취해도 나쁘지 않다고 설명합니다.

일반적으로 물의 권장량은 하루 1.5~2*l* 정도인데, 이에 비해 우리나라 사람들은 보통 물을 0.8~1*l* 정도로 적게 마시는 편입니다.

꼭 2*l*를 섭취하지 않아도 건강에 해롭지는 않으나, 되도록 권장량 이상을 마시는 것이 좋다고 합니다.

그럼 물은 어떤 작용을 하는 걸까요?

물은 몸 곳곳에 영양분을 전달하고 노폐물을 씻어 냅니다. 물이 없다면 우리 몸은 소화되면서 생긴, 각종 노폐물이 가득 고인 웅덩이가 되고 말 것입니다. 또한 물은 간의 해독작용을 도와주는 데 꼭 필요하며, 소화와 혈액순환, 흡수와 배출에도 중요한 영향을 미칩니다. 그리고 물은 몸의 독소를 빼내고 음식물의 이동을 돕고 변이 쉽게 빠져나갈 수 있도록 합니다.

물을 어떻게 마시는 것이 좋을까요? 그 요령을 알아봅시다.

(1) 물은 적어도 하루에 여덟 잔 이상 마시도록 권합니다. 다만 음식을 먹는 후 곧바로 물을 마시는 것은 좋지 않습니다. 왜냐하면 소화액이 묽어질 수 있기 때문입니다. 따라서 물은 식사한 후 적어도 한 시간이 지난 다음에 충분히 마시는 것이 건강에 좋습니다.

(2) 또 식전에 물 한 잔을 마셔두면 음식을 덜 먹게 되므로, 다이어트를 돕는 효과가 있습니다.

(3) 그리고 아침에 마시는 찬물 한 잔은 위를 놀라게 해서 장을 더 활발하게 만들기 때문에 숙변을 제거하고 변비에 도움이 됩니다.

많은 의사가 모든 질병은 독성물질 때문에 생긴다고 주장합니다. 몸에서 처리하지 못한 독성물질은 몸속 조직에 저장되기 마련이므로, 이것을 배출시키려면 물을 많이 마셔야 합니다. 물은 놀라운 자연치유 능력을 갖고 있으므로 이를 잘 활용하면 건강에 큰 도움이 됩니다.

사람은 음식을 먹지 않고도 40일 또는 그 이상을 살 수 있지만, 물이 없으면 3일에서 5일 안에 죽고 맙니다. 그만큼 물은 생명과 직결되는 귀중한 요소입니다.

생수에는 비타민, 미네랄, 마그네슘 등 미세영양분이 녹아 있어 우리 몸을 건강하게 유지하는 데 필요한 필수 성분이 들어있습니다.

그러므로 평소에 물을 많이 마시는 것이 무엇보다 중요합니다.

89

건강하게 오래 살고 싶으면 비타민 C를 장복하라

- 비타민 C의 작용 -

건강하게 오래 살고 싶다면 과일과 야채를 많이 먹고 지금부터라도 비타민C 정제를 매일 복용하는 것이 좋다고 권장하는 강동 가톨릭병원장 강종호 박사는《당신도 120세까지 살 수 있다》는 그의 저서에서 비타민C를 장복하면 수명을 연장할 수 있다고 했습니다.

두 번이나 노벨상을 수상한 리누스 폴링 박사는 1994년 93세의 나이로 사망하였습니다. 그는 반세기 동안 특히 질병을 극복하고 생명을 연장시키는 데 도움을 줄 수 있다고 자신이 열렬히 주장했던 비타민C를 다량 복용함으로써, 최소한 6년을 더 살 수 있었다고 주장했는데, 최근 미국의 의학계에서 소량의 비타민C로도 수명이 획기적으로 연장될 수 있다는 새로운 연구결과가 발표됨으로써 그의 주장이 옳았음을 뒷받침해 주고 있습니다.

비타민C로 수명을 연장할 수 있다는 확고한 증거를 최초로 확보하였다는 모튼 클라인 박사는 UCLA의 제임스 엔스트룸 박사와 함께 미국인 11,000명의 식생활에 대한 정부자료를 분석하였는데, 실제로 이들은 매일 300mg의 비타민C를 복용할 경우, 남성은 6년 여성은 2년의 수명이 연장된다는 사실을 발견하였습니다.

비타민C를 복용함으로써 얻은 수명 연장 효과는, 콜레스테롤 수치를 낮추고 지방질 섭취를 줄임으로써 얻을 수 있는 효과를 훨씬 능가하며, 더욱이 비타민C를 복용하는 사람들은 흡연, 비만, 운동부족 및 열악한 식생활에도 불구하고 더 오래 살 수 있었다고 밝히고 있습니다.

그럼 비타민C는 구체적으로 어떤 작용을 하는 것일까요?

(1) 암에 대한 면역력을 키워주고 (2) 동맥을 전체적으로 보호하며 (3) 병에 대한 면역기능을 향상시킵니다. (4) 또 치주질환을 막아주고 (5) 폐질환을 예방하며 (6) 백내장을 예방합니다. 그리고 (7) 노화를 막아주고 수명을 연장하는 작용을 합니다.

식품과의 관계를 살펴보면 비타민C가 풍부한 식품에는 오렌지, 후추, 피망, 파파야, 딸기, 감귤류 및 쥬스, 키위, 브로콜리, 토마토 및 쥬스 등이 있으며, 과일과 야채에는 노화를 지연시키는데 필수적인 항산화제가 풍부하게 들어 있습니다.

그러면 하루에 비타민C를 얼마큼 섭취하여야 할까요?

그것은 질병에 따라 다를 수밖에 없지만, 보통 하루에 1,000mg 이상을 섭취해야 하며, 병에 걸린 경우에는 더 많은 양이 필요합니다. 참고로 다섯 접시분량의 과일과 야채에는 비타민C가 200mg~300mg이

들어 있으며, 식품으로 모자라는 분량은 보조식품인 비타민C 정제로 보충해야 합니다.

일반적으로 노화 및 노화와 관련된 질병을 방지하는 데에는 하루에 250~1,000mg이 적당하다고 합니다만, 많은 박사들은 섭취량이 많을수록 노화방지에 효과가 크며, 수 천mg을 섭취하더라도 부작용이 없는 아주 안전한 영양제라고 말하고 있습니다.

노화를 막아주고 수명을 연장시키는 비타민C는 인체에 없어서는 안되는 필수적인 영양제입니다. 그러나 대부분의 한국인들은 눈에 보이지 않는다고 의심하는 사이에 비타민C 결핍현상이 일어나 청춘 최상의 건강, 수명 등을 빼앗기고 있습니다. 한국인의 4분의 1은 세포가 기본적인 생물기능을 수행하는 데에 필요한 최소한의 비타민C 섭취량인 60mg도 섭취하지 못해 국민 건강이 위협받고 있습니다. 우리도 비타민C를 만이 섭취하여 건강을 지키고 장수하도록 노력합시다.

90

우리도 장수비결을 적용 받을 수 있다

- 오키나와 사람들의 장수 비결 -

'동양의 갈라파고스'라고 불리는 오키나와, 서양에서 주요 사망원 인으로 꼽히는 질병도 이곳에서는 거의 찾아볼 수 없고, 중년 부인이 주로 걸리는 유방암도 아주 희귀해서 유방암 진단 엑스레이가 없는 병 원이 많고, 대부분의 노인은 전립선암이라는 단어 자체를 들어본 적이 없다는 장수섬. 더욱 자살이란 없으며 퇴직이란 단어는 아예 이 지역 방언에도 없다는 이곳 오키나와는 참으로 젊음을 영원히 지켜주는 꿈 같은 낙원입니다.

동중국해에 161개 산호섬으로 이루어진 오키나와 열도, 이곳은 세 계의 5대 장수마을 중에서도 최고의 장수마을로 정평이 나 있는 곳입 니다. 이곳 사람들은 중년을 지나도 아름다운 피부와 윤기 나는 검은 머릿결, 날씬하고 날렵한 몸매를 간직하고 있습니다.

오키나와에서는 100세가 넘은 많은 사람들이 결코 생의 마지막을 요양원에서 보내지 않습니다. 대신 죽을 때까지 충만하고 활기차게 삽니다. 이렇게 건강하게 살다가 어느 날 아무런 질병도 없는 상태에서 고통 없이 자연사하는 경우가 대부분입니다.

세계 각국에서 온 의사들로 이루어진 한 연구팀은 지난 1975년부터 100세노인 400명을 포함해 오키나와 사람들의 건강과 장수에 관해 연구한 바 있는데, 그들은 오키나와 사람들은 '믿을 수 없을 정도로 건강하다'고 평가 했습니다.

그러면서 이 연구팀은 오키나와 사람들의 건강장수비결을 서양 사람에게도 적용할 수 있다고 밝혔습니다. 가장 중요한 것은 식생활이며 거기에 규칙적인 운동과 긍정적인 마음가짐 등 몇 가지 생활습관을 더하면 된다는 것입니다. 이것은 우리에게도 희망을 갖게 해줍니다.

그럼 오키나와 사람들의 식생활은 어떤 것인지 알아봅니다.

오키나와 사람들의 전통적인 식생활은 건강하고 균형 잡힌 식사의 원칙을 따릅니다. 그들이 먹는 음식에는 항암제와 노화를 억제하는 항산화제가 풍부합니다. 그들의 전통적 주식은 고구마와 잎이 많은 녹색 채소, 통곡식이며, 여기에 생선과 쌀, 돼지고기, 여러 가지 콩으로 보충하는 식입니다.

오키나와 삶들이 하루도 거르지 않고 매일 먹는 야채로는 양파와 당근, 양배추, 물냉이, 무 등이며, 가장 흔히 먹는 과일에는 파파야, 수박, 바나나, 파인애플, 탄제린 등입니다. 또 흔히 먹는 해초류는 다시마, 김, 톳, 미역 등이며, 생선으로는 등 푸른 연어, 고등어, 정어리, 청어 등을 먹습니다. 그리고 통곡식과 메밀, 콩 종류를 많이 먹습니다. 고기는 기름기가 없는 돼지와 염소 고기를 조금씩 먹으며, 차는 주로 녹차를 마십니다.

오키나와 사람들은 대부분의 장수하는 사람들과 마찬가지로 역시 고 영양 저칼로리 식단으로 효과를 누립니다. 이들은 양으로 따지면 상당히 많은 음식을 먹지만, 열량 면에서 보면 이들이 하루에 섭취하는 양은 1,500칼로리 밖에 되지 않으며, 이것은 미국인이 섭취하는 양보다 평균 40%나 적은 수치입니다.

우리도 오키나와 사람들의 식생활과 생활습관을 본 받아 열심히 실행해 나간다면, 우리들도 그들처럼 건강하게 장수해 나갈 수 있을 것입니다.

일본 사람들은 '하라하치부(腹八部)'라는 말을 자주 하는데, 이 말은 80% 정도 배부를 때까지만 먹으라는 뜻입니다. 세계의 장수학자들은 오키나와 사람들처럼 몸이 필요로 하는 것을 정확히 먹고 과식하지 않는 것이야말로, 인간이 수명을 연장하는 방법가운데 유일하게 증명된 것이라고 밝히고 있습니다.